Anette Oelrich

Geisterhaut

Umschlagsgestaltung: Exakt Werbung, Simone Stolz

Coverfoto 1 © Adobe Stock

Urheber: Jiri Dolezal

Lektorat: Helge Vorthaler

Druck und Bindung: Digitaler Buchdruck, Lindemann

Printed in Germany

ISBN: 978-3-948414-27-6

Gelistet in der Deutschen Nationalbibliothek.

Für meine Familie:

Danke, dass ihr mich verrücktspielen lasst.

Einige Orte und Gebäude in dieser Geschichte gibt es wirklich, andere sind komplett erfunden. Die Charaktere dieser Geschichte sind alle Produkte meiner Fantasie.

1. Am Fuße eines Leuchtturms, Frühling

Carl Erich Ballschuweit, der Mann, der sonst auf fast alles eine Antwort hat, öffnet die Augen und sieht einen Leuchtturm aus gelbroten Ziegelsteinen in den blassblauen Himmel über sich aufragen. Hart ist die Bank, auf der er rücklings liegt, und von der seine langen Beine herunterbaumeln. Ihm ist eiskalt. Plappernde Kinderstimmen dringen an sein Ohr, aber er versteht die Sprache nicht. Die gemeinste Frage der Welt schießt ihm zusammen mit einer Welle Adrenalin durch den schmerzenden Kopf: „Wo bin ich?“

Langsam richtet er sich auf und sieht noch eine Bank gegenüber, dahinter eine riesige schwarze Schiffsschraube auf einem Stück Rasen. Er sitzt vor einem prächtigen Eingangssportal aus Backsteinen mit weißen Giebeln. Die plappernden Kinderstimmen hinter ihm werden lauter. Langsam dreht er sich um. Hinter seiner Bank liegen eine silberne Schiffsschraube und ein riesiger schwarzer Anker. Ein rotes Zelt nimmt ihm die Sicht auf die Straße, auf der sich offenbar die Kinder nähern. Ein Windstoß trifft kühl sein schweißnasses Gesicht. Es riecht nach Meerwasser und Kohlenstaub.

Ein starkes Déjà-vu-Gefühl überfällt Carl Erich, als er noch einmal am Turm emporblickt. Kurz denkt er an den Leuchtturm auf dem Darß, wo er und seine Partnerin, Kriminalkommissarin Aneska Kralova, zu Silvester einen mysteriösen Entführungsfall aufklären halfen. Aber Aneska ist nirgends zu sehen und er erkennt den Ort nicht, an dem er sitzt.

Wie zum Teufel ist er hierhergekommen? Er vergräbt das Gesicht in den Händen, versucht die Geräusche auszublenden, aber er kann sich nicht erinnern. Er muss die Augen wieder öffnen, denn ihm ist schwindelig und sein Herz schlägt wie verrückt. Mit einigen tiefen Atemzügen zwingt er sich mehr schlecht als recht zur Ruhe. Dabei spürt er ein Stechen auf seinem rechten Oberarm. Weil er denkt, dass der Arm eingeschlafen sei, reibt er einmal kräftig darüber. Ein heißer Schmerz durchzuckt ihn. Carl Erich schält sich vorsichtig aus dem Ärmel seines Pullovers und sieht das verschmierte Bild eines Baumes auf seiner Haut. Der Baum ist mit schwarzer Tinte gemalt, einzelne Blätter an den fünf Ästen sind zu erkennen und auch die drei miteinander verschlungenen Wurzeln.

„Wer hat mir das denn … ?“, Carl Erich streicht vorsichtig mit dem Finger über die Stelle. Sofort zieht er scharf die Luft durch die Zähne ein, als der Schmerz und die Erkenntnis ihn durchzucken: „Das ist echt! Ich bin tätowiert!“ Das Tattoo nimmt bestimmt fünfzehn Zentimeter seines Oberarms ein. Das anzufertigen muss lange gedauert haben. Aber in seinem Kopf herrscht gähnende Leere. Angst macht ihm den Hals eng.

Hinter dem Leuchtturm ertönt plötzlich laut ein Bootshorn. Carl Erich springt vor Schreck von der Bank. Mühsam hält er sich senkrecht. Seine Knie sind weich wie Pudding. Wieso ist ihm nur so entsetzlich schwindelig?

Langsam sieht er sich um. Wo kam der Ton eben her? Einige Meter entfernt, unter einer schrägen Konstruktion auf Stelzen, die wahrscheinlich ein Förderband verdeckt, sieht er Wasser glitzern. Über den Bäumen neben dem Förderband ragt ein riesiger, gelber Kran empor, wie er zum Entladen von Schiffen im Hafen steht. Aber welcher Hafen ist das hier? Er blickt zurück zum Eingang des Leuchtturms, wo auch tatsächlich ein Schild an der Mauer hängt, aber er ist zu weit entfernt, um es zu entziffern. Soll er hinübergehen? Schon das Stehen fällt ihm so schwer.

Irgendetwas zieht Carl Erich zu diesem glitzernden Wasser. Er macht einige unsichere Schritte, aber ein mannshoher Metallzaun versperrt ihm den Weg. Er nimmt eine Bewegung hinter dem Zaun war. Dort steht ein Mann, der ihm vage bekannt vorkommt und ihn zu sich winkt. Carl Erich taumelt zu ihm hinüber, während er sich den Pullover wieder über den Arm streift. Sein Hals ist so schrecklich trocken, dass es schmerzt: „Wer sind Sie? Wo bin ich?“

Der Mann mit den kurzen grauen Haaren lächelt ihn an: „Ah, fajnie, wie schön, du bist wieder wach. Du fühlst dich nicht gut, nie najlepiej się czujesz, stimmt’s? Ja, ja, es ist schon alles äh ... dziwnie. Wie soll ich sagen? Seltsam. Aber jetzt quäl‘ dich nicht weiter, nimm die hier, dann wird es besser. Uwierz mi, versprochen.“

Er reicht ihm eine runde, weiße Tablette durch den Zaun. Wie ferngesteuert nimmt Carl Erich sie entgegen und würgt sie willenlos hinunter. In diesem Moment dreht der Mann sich um und geht einfach weg. Über der Schulter trägt er eine schmuddelige blaue Stofftragetasche.

Carl Erich stolpert am Zaun entlang hinter ihm her: „Hey, halt! Bleiben Sie stehen! Wer sind Sie? Wo bin ich hier? He, antworten Sie!“ Aber der Schwindel wird immer schlimmer. Er krallt sich an den Zaun, sieht den Mann immer weiter weggehen. Im nächsten Moment kommt der sandige Erdboden auf ihn zu. Dann Schwarz.

2. Notaufnahme Szpital Miejski, Swinemünde, 16. April, 14:44 Uhr

Grelles Weiß sticht in seinen Augen. Carl Erich verzieht das Gesicht und blinzelt heftig. Der Geruch eines scharfen Desinfektionsmittels reißt ihn schneller aus seiner Benommenheit, als ihm lieb ist: Krankenhausgeruch. Er fühlt etwas Warmes an seiner rechten Hand. Da ist noch eine Hand, die seine hält. Langsam dreht er den Kopf, der erstaunlicherweise nicht mehr schmerzt, und ebenso langsam kommt die Gestalt seiner Kollegin Aneska in den Fokus. Er ahnt es zwar schon, aber die Frage kommt automatisch aus seiner rauen Kehle: „Wo ... bin ich?“

Aneskas Augen sind dunkel vor Sorge: „Szpital Miejski, wir sind in der Notaufnahme des Städtisches Krankenhauses.“

„Spital?“, er schluckt mit staubtrockener Kehle, „Welche Stadt?“

„Świnoujście, auf Deutsch Swinemünde.“

„Ich bin in Polen?“, Carl Erich setzt sich ruckartig auf, was ihm Kopf und Magen prompt übel nehmen. Ein stechender Schmerz fährt durch seinem linken Unterarm. Erst jetzt erkennt er, dass dort eine Braunüle steckt und ein Tropf mit einer klaren Flüssigkeit darin über ihm baumelt. Stöhnend lässt er sich zurück auf die Liege sinken. Aneska hilft ihm, den Kopf auf etwas Weichem zurechtzulegen.

Als Schwindel und Übelkeit etwas abgeklungen sind, kann er weitersprechen: „Wie kommst du hierher?“

Aneska schnaubt: „Dasselbe frage ich dich. Hast du nichts

Besseres zu tun, als nach Polen zu fahren, dich abzuschießen und dann tätowieren zu lassen?“

„Was? Abzuschießen? Ich bin nicht betrunken, ich …“ Er spricht nicht weiter, weil ihm klar wird, dass er keinen blassen Schimmer hat, was eigentlich mit ihm los ist.

Sie beugt sich näher zu ihm: „Du warst nicht betrunken, du warst high, stoned, nenn‘ es wie du willst.“

„Ich habe ... Was? Drogen?“, kiekst er mit schreckgeweiteten Augen.

Aneska lehnt sich mit gerunzelter Stirn wieder zurück: „Willst du jetzt den Arztbericht sehen oder glaubst du mir auch so?“

„Ich weiß nicht, was ich überhaupt noch glauben kann“, Carl Erich verzieht das Gesicht, dann bricht er in Tränen aus. Aneska lässt seine Hand los und drückt ihm brüsk eine Packung Taschentücher hinein. Dann steht sie auf: „Ich geh‘ uns mal einen Tee holen.“

Nachdem er sowohl seine als auch ihre Tasse süßen schwarzen Tees sowie zwei Packungen Taschentücher geleert hat, ist er langsam wieder in der Lage, zusammenhängende Sätze zu bilden: „Was genau habe ich genommen?“

„Die Ärzte haben Midazolam in deinem Blut nachgewiesen. Gott sei Dank, hat man dich schnell gefunden.“

Carl Erich kann sie nicht ansehen, als er leise fragt: „Wer hat mich gefunden?“

„Eine polnische Schulklasse.“

„Wie peinlich."

„Keine Sorge, nur der Lehrer spricht etwas Deutsch."

Carl Erich fährt sich mit der freien rechten Hand über die Augen und stöhnt leise, weil ihm dabei das Tattoo auf dem Oberarm wieder weh tut: „Ich weiß, dass ich auf einer Bank vor einem Leuchtturm aufgewacht bin. Da war ein Mann hinter dem Zaun. Er hat Deutsch und ... Polnisch? Also, er hat alles so durcheinander gesprochen. Hat sich gefreut, dass ich wach bin und dann irgendwas gefaselt, von wegen ich würde mich doch bestimmt nicht gut fühlen. Dann hat er mir diese Tablette gegeben und ich habe sie einfach geschluckt." Er fasst ängstlich nach Aneskas Hand und fängt wieder an zu schluchzen: „Aneska, ein wildfremder Mann gibt mir Drogen und ich nehme sie und schlucke sie einfach runter!" Panik glimmt in seinen blauen Augen.

Diesmal zieht Aneska ihre Hand nicht weg: „Wie sah die Tablette aus?"

„Unauffällig. Weiß, rund, glatt."

„Hmmm."

„Kurz nachdem ich die geschluckt hatte, bin ich umgekippt. Das hat quasi sofort gewirkt."

„Uff!"

„Aber ja, natürlich, ich muss ja mindestens zwei davon gekriegt haben. Eine, bevor ich auf der Bank aufgewacht bin und dann nochmal", Carl Erich blickt verzweifelt auf seine zitternden Hände: „Midazolam … Kannst du das mal für mich googeln? Bitte!"

Aneska zückt seufzend ihr Handy, tippt und nickt: „Doktor

Google sagt, das Zeug wirkt schlaffördernd, beruhigend, angstlösend und entspannend auf die Skelettmuskulatur."

„Das passt, leider", Carl Erichs Augen schimmern verdächtig feucht, „Gott sei Dank kannst du hier für mich dolmetschen."

Sie grinst spitzbübisch. „Och, die sprechen hier recht gut Englisch", aber als sie sieht, wie sich Carl Erichs blasses Gesicht noch weinerlicher verzieht, tätschelt sie beruhigend seine Hand und redet schnell weiter, „Ich bin hier und ich bleibe auch. Wir können ja nochmal fragen, ob das wirklich schon alles war, was bei der Blutuntersuchung rauskam. Kannst du mir jetzt diesen Mann beschreiben?"

„Mittelalt, so um die fünfzig. Graue, kurze Haare. Kein Bart. Dunkle Kleidung. Blaue Jutetasche über der Schulter. Schlank. Total unauffällig. Ging schnell weg. Ich kam nicht hinterher, mir sind gleich die Knie weich geworden. Und er war ja auch hinter dem Zaun."

„Was für ein Zaun?"

„Weiß nicht, neben dem Leuchtturm halt. Dahinter war ein Hafenbecken oder so."

Aneska nickt: „Richtig, die Swinemündung."

„Ich habe ein Bootshorn gehört."

„Wahrscheinlich die Fähre. Und du hast wirklich keine Erinnerung mehr, wie du zum Leuchtturm gekommen bist?"

„Nein."

„Weißt du noch, was du gestern gemacht hast?"

Carl Erich nickt: „Nach der Fortbildung bei dem Waffenversandhändler in Ahlbeck sind wir direkt von der Firma zu einem Fischrestaurant. Da haben wir gestern Abend zusammen gegessen. Ich hatte Zanderfilet mit Dillsoße und Salzkartoffeln. Als Nachtisch Creme Brûlée. Wir sind dann zurück ins Hotel gelaufen. Ich habe noch ein bisschen ferngesehen und gegen elf das Licht ausgemacht."

„Richtig. Ich habe dich beim Frühstück vermisst, bin hoch zu deinem Zimmer und habe dann an der Rezeption nachgefragt, ob sie dich heute Morgen gesehen haben."

Ihr Kollege trötet ins letzte Taschentuch und guckt sie dann groß an: „Und?"

„Nein, du bist nicht vorne durchs Foyer gegangen. Wir haben dann in deinem Zimmer nachgesehen. Dein Bett war benutzt, deine Jacke hing nicht an der Garderobe. Aber dein bulliges Caterpillar-Handy lag auf dem Nachttisch. Ab da wusste ich, dass irgendwas nicht stimmt. Hab' denen gleich die Hölle heiß gemacht. Wir haben dich auf dem Video vom Parkplatz hinterm Haus entdeckt. Das war um sieben Uhr dreißig."

Carl Erich schüttelt verzweifelt den Kopf: „Ich erinnere mich nicht daran." Er reibt sich die Stirn: „Was haben die Ärzte hier mit mir gemacht?"

„Soweit ich weiß nicht viel", sie deutet auf seinen linken Arm, „Sie haben dir einen Tropf mit Kochsalzlösung angehängt, weil du wohl ziemlich dehydriert warst. Aber sie mussten beziehungsweise konnten dir nicht den Magen auspumpen, wenn du das meinst."

„Wie spät ist es?"

„Bald drei Uhr nachmittags."

„Aber warum weiß ich nicht mehr, was ich zwischen elf Uhr abends und heute Mittag gemacht habe? Aneska, mir fehlen sechzehn Stunden!“

Aneska nickt und zuckt gleichzeitig mit den Schultern: „Das ist das Midazolam. Die Ärzte sagen, die große Menge, die du intus hattest, können durchaus einen Filmriss auslösen. Geht aber wieder weg.“

„Wie tröstlich! Aber das erklärt doch nicht, wieso ich morgens um halb acht das Hotel verlassen habe und nach Swinemünde gefahren bin.“ Er stockt: „Wie bin ich überhaupt hierhergekommen? Hab‘ ich dein Auto ... ?“

„Wie denn ohne Schlüssel? Nein, nein, das stand noch auf dem Parkplatz.“

Carl Erich runzelt die Stirn: „Bus?“

„Keine Ahnung. Wir haben erstmal in ganz Ahlbeck nach dir gesucht. Dann kam der Anruf vom Spital. Sie haben den Dienstausweis in deiner Jacke gefunden und sich beim Kriminalkommissariat in Schwerin gemeldet. Die Kollegen haben dann mich angerufen.“

„Hatte ich eine Fahrkarte in der Jacke?“

„Gute Frage. Darf ich mal?“, Aneska greift hinter seinen Kopf und zieht vorsichtig seine Jacke darunter hervor. In der linken Tasche wird sie fündig: „Das glaub ich jetzt nicht!“ Sie zeigt ihm tatsächlich einen Fahrschein. Er ist ausgestellt von der Reederei Adler-Schiffe für die Strecke Ahlbeck – Swinemünde und Retour, Abfahrtszeit 09:00 Uhr.

„Ich bin mit der Fähre nach Polen gefahren und weiß nichts davon?“

In diesem Moment zieht Aneska ein leeres Lederholster unter der Liege empor: „Sag mal, wo ist eigentlich deine Dienstwaffe?“

Carl Erich wird kreidebleich und bringt keinen Ton heraus. Er stiert nur das baumelnde Holster an.

„Carl … “ Den zweiten Teil seines Vornamens hört er schon nicht mehr. Er ist wieder ohnmächtig geworden.

3. Polizeiinspektion Schwerin, Graf-Yorck-Straße 6, Waffenkammer 30. April, 10:32 Uhr

Draußen vor dem Fenster erstreckt sich ein regnerischer, trüber, Morgen. Der Schmerz in Carl Erichs Oberarm ist nicht wirklich besser geworden. Die Tätowierung sticht unablässig. Was aber noch mehr schmerzt, ist, dass er sich noch immer nicht erinnern kann, wie er von Ahlbeck ins benachbarte Swinemünde gekommen ist, geschweige denn, warum. Vierzehn Tage Ungewissheit, die ihn schier wahnsinnig gemacht haben.

Sieben Kilo hat er abgenommen, weil es ihm gleichgültig ist, ob und was er isst. Er schläft schlecht, wenn überhaupt. Heute Morgen hat dann auch noch sein Rasierapparat den Geist aufgegeben. Er bleibt also unrasiert und fühlt sich ungepflegt. Das Gefühl trügt nicht. Aber er ignoriert den Geruch unter seinen Achseln, und hat auch schon lange nicht mehr die Zähne geputzt. Er hängt sich irgendwelche

Kleidung auf den Körper, was ihm gerade in die Hände fällt, auch wenn es drei Tage hintereinander dieselben Sachen sind. Wozu der Aufwand? Entgegen seiner sonstigen Gewohnheiten ist ihm völlig egal, was die Leute von ihm denken. Schwarze Gedanken kreisen Tag und Nacht in seinem Kopf. Warum die Tätowierung? Wer hat sie ihm gemacht? Warum hat er es zugelassen?

Immerhin hat er inzwischen herausgefunden, dass es sich bei dem Motiv um die sogenannte Weltenesche Yggdrasil aus der nordischen Mythologie handelt. Er hat in der Edda nachgelesen, wie sie aus dem Leichnam des Ur-Riesen Ymir wuchs, ihre Wurzeln in die Unterwelt erstreckend, wo sie von Schlangen und dem Grabeswolf angenagt werden. Mit Schaudern denkt er daran, dass man sagt, wenn Yggdrasil zu beben beginne, nahe das Ende der Welt. Es tröstet ihn auch nicht wirklich, als er liest, dass die immergrüne Weltenesche auch als Sinnbild der Unsterblichkeit gilt oder dass man sie als Wissensbaum sieht, weil der Gott Odin sich an ihren Zweigen erhängte, um an ihren Wurzeln das geheime Wissen zu finden.

Die erste Woche war er krankgeschrieben. In der zweiten Woche hatte er zum Glück nur Schreibtischarbeit, da fiel es nicht so auf, dass er den Arm geschont hat. Aneska ist er so gut es ging ausgewichen. Kontakte mit Freunden und Verwandten nach der Arbeit hat er gänzlich vermieden. Er war zu beschäftigt.

Zuerst einmal hat er sämtliche No-Gos der Tattoo-Pflege angewendet: Auch wenn er die restliche Körperhygiene ignoriert, das Tattoo hat er immer wieder mit Seife geschrubbt und war sogar zwei Mal im Schwimmbad, denn er hatte gelesen, dass Chlor Gift sei für ein Tattoo, weil es der Haut die Farbe entzieht. Aber seine Haut wurde nur immer gereizter, so dass er noch mehr Schmerzmittel brauchte. In der Mitte des Tattoos hat sich sogar eine kleine blutige Stelle aufgetan.

Außerdem hat er wirklich alles probiert, um die Schmerzen in seinem Arm zu lindern. Nachdem eine spezielle Betäubungssalbe für die Haut nur zwei Stunden und auch das rezeptfreie Diclofenac aus der Apotheke nicht länger als vier Stunden vorhielt, war er beim Hausarzt, beim Hautarzt und sogar noch einmal in der Notaufnahme, als die Schmerzen eines Nachts zu stark wurden. Aber die Ärzte wollten ihm keine Opioide geben. Von den starken Schmerzmitteln, die er letztendlich verschrieben bekam, hat er mittlerweile auch noch Magenschmerzen.

Heute ist Montag, so viel weiß er. Carl Erich steht in der Waffenkammer seiner Dienststelle, vor der Kiste, in die man zielen muss, wenn man ausprobiert, ob die Waffe wirklich geleert ist. Wieso er da steht, ist ihm nicht klar. Er hält eine Ersatzwaffe in der Hand, da seine Dienstwaffe immer noch spurlos verschwunden ist. Er hat riesigen Ärger deswegen bekommen. Nur der Fürsprache seiner gesamten Kollegen ist zu verdanken, dass das folgende Eil-Disziplinarverfahren nur mit einer Kürzung seines Gehalts endete und er nicht komplett suspendiert wurde.

Kriminalbeamte müssen körperlich fit sein und unter Schmerzen kann man irgendwann nicht mehr klar denken. Carl Erich ist so weit. Er weiß nicht mehr weiter.

Mit brennenden Augen sieht er auf die Waffe in seiner Hand hinunter. Das ist es! Endlich keine Schmerzen mehr. Er hat alles so satt, hebt die entsicherte Waffe vor sein Gesicht. Er drückt den Lauf an seine Stirn. Atmet tief ein und aus. Das würde der Qual ein Ende setzen.

Das Gefühl des Metalls auf seiner Haut ist widerlich.

Es geht nicht. Er kann das nicht.

Die plärrende Melodie von „Mission Impossible“ lässt ihn zusammenzucken. Sein Handy klingelt: es ist Aneska. Reflexartig sichert er die Waffe, legt sie schnell auf einen Tisch. Eigentlich will er mit niemandem reden. Das Handy verstummt, beginnt aber keine zehn Sekunden später wieder zu tönen. Nach dem dritten Mal „Mission Impossible“, geht er entnervt ran: „Ja?“

„Boah, Ballschuweit! Endlich! Du, mir ist hier etwas total Eigenartiges passiert. Ich will eben zu diesem Therapeuten gehen, aber der Mann hat Selbstmord begangen.“

„Aha.“

„Leg nicht auf!“

Das hatte er auch gar nicht vor: „Du machst eine Therapie? Warum?“

„Das ist doch jetzt völlig egal! Der Typ hat sich erhängt.“

„Okay, okay. Erhängt ist natürlich grässlich“, Carl Erich schrubbt durch seine Bartstoppeln und überlegt, wie es sein muss, so zu sterben. Er kommt sehr schnell zu dem Schluss, dass das nichts für ihn wäre. Noch mehr Schmerzen. Und keiner weiß, wie lange es dauert, bis man …

Aneskas ungeduldige Stimme reißt ihn aus seinen Gedanken: „… stehe hier vor seiner Leiche. Und du wirst es nicht glauben: Er hat eine Tätowierung am Hals. Genauso ein Baum wie deiner. Moment mal, der hier hat aber weniger Äste. Eins, zwei, drei, vier! Der hat vier Äste.“ Carl Erich stockt der Atem: „Wo bist du?“

„Doberaner Straße 144 in Rostock."

„Rostock?", seine Stimme überschlägt sich, „Gab's denn keinen Therapeuten in Schwerin?"

„Ballschuweit, ich diskutiere das nicht mit dir. Der Tote vor mir hat eine Tätowierung, die fast identisch ist mit deiner. Kommst du jetzt oder nicht?"

„Ich komme so schnell ich kann", er legt die Waffe in den Waffenschrank und schließt ab. „Sag mal, wenn du seine Patientin bist, darfst du doch eigentlich diesen Fall wegen Befangenheit gar nicht bearbeiten."

„Korinthenkacker, ich bin eigentlich noch gar nicht seine Patientin und außerdem ist es jemand, der schon lange mit der Schweriner Polizei zusammenarbeitet, deswegen drücken die zwei Rostocker Kollegen hier auch ein Auge zu und ich kann mich mal umsehen."

Carl Erich eilt bereits mit langen Schritten über den Flur: „Ich komme."

4. Praxis Moorbekker, Doberaner Straße 144, Rostock, 30. April, 12:13 Uhr

Sein silberner Volvo 460 schickt Wasserkaskaden aus einer tiefen Pfütze über den Gehsteig. „'Tschuldigung!", entfährt es ihm laut, aber dann sieht er zu seiner Erleichterung, dass keine Fußgänger unterwegs sind. Der Regen hat erst vor Kurzem aufgehört, Rostocks Straßen schimmern nass. Als das Navi in seinem Handy verkündet: „Sie haben Ihr Ziel erreicht. Das Ziel ist links“, blickt Carl Erich etwas irritiert, denn er sieht einen bekannten Supermarkt vor sich. Hinter ihm hupt jemand energisch, weshalb er rasch auf den Supermarktparkplatz einbiegt. Die Irritation verschwindet, als er Aneskas tomatenrotes MINI-Cooper-Cabriolet sieht und sie daneben.

Bevor er aussteigt, greift er noch kurz nach der kleinen Wasserflasche im Becherhalter und spült damit eine Schmerztablette runter. Wer weiß, was ihn hier erwartet und wie lange das dauert.

Aneska ist stinksauer, das sieht er schon. Er steigt aus: „Wo müssen wir hin?“

„Nirgends.“

„Wie bitte?“

„Die haben mich rausgeworfen.“

„Aneska, bitte von vorn. Du hast die Leiche gefunden?“

„Nein, die Kollegen waren schon hier, als ich ankam. Der Patient vor mir hatte sie verständigt.“

„Wo ist der?“

Aneska deutet hinter ihn: „Wird gerade in dem Rettungswagen da betreut. Hat ziemlich hyperventiliert.“

„Okay, wo ist denn jetzt diese Praxis und wieso hat man dich vor die Tür gesetzt?“ Was den letzten Punkt angeht, hat er schon eine Ahnung, denn er kennt das Temperamentsbündel mit der kurzen Lunte, das da neben ihm steht, recht gut.

Aneska stößt sich von der Tür ihres Wagens ab, an der sie

bis eben schmollend mit verschränkten Armen lehnte, und führt Carl Erich um das rote Backsteingebäude mit den großen, oben gerundeten Fenstern herum und am Rettungswagen vorbei. Rechts vom Gebäude steht noch ein Rest Fassade mit drei leeren Fensteröffnungen. Dahinter ist der Eingang zum Supermarkt eingebaut. Fünf Stufen hoch, daneben die Rampe für die Einkaufswagen. Man geht durch das alte Gebäude hindurch zum Neubau links, in dem sich der Markt befindet. Ein uraltes Entree, aber hervorragend restauriert.

Rechts neben dem Eingang zum Supermarkt ist eine weitere Tür im Backsteinteil, daran eine Klingelanlage, wie man sie an Privatgebäuden findet. Auf einem schlichten weißen Schild liest Carl Erich: „Christoph Moorbekker, Psychotherapeut“, und nickt wissend, „Der neueste Hit: Wohn- und Arbeitsraum über dem Einkauf.“

„Willst du jetzt deinen Wocheneinkauf machen oder willst du die Leiche sehen?“, schnappt Aneska.

„Wenn du mir nicht erzählst, warum die Kollegen dich rausgeschmissen haben, bleibt mir ja nichts anderes übrig“, feuert er zurück.

Aneska überhört den Vorwurf geflissentlich: „Ich soll mich als Patientin für eine Befragung bereit halten. Wieso Befragung? Ich bin noch gar nicht bei ihm gewesen. Heute sollte die erste Sitzung sein.“

„Du willst mir nicht sagen, weshalb?“

„Nein.“

Carl Erich seufzt: „Wer ist denn mit dem Fall befasst?“ -„Ein Jens Bieler und ein Ulrich Knöppler.“ – „Ach, die.“

Aneskas Augenbrauen schießen in die Höhe: „Du kennst die?“

„Hab’ mal vor urewigen Zeiten mit Bieler telefoniert. Der ist unangenehm. Der Kollege Knöppler war sehr viel höflicher und hat mir letztendlich bei meiner Frage besser helfen können.“

Aneska brummelt noch etwas wenig Schmeichelhaftes, dann hält sie ihm ein zerknülltes Stück Papier entgegen: „Guck mal, was ich gefunden habe.“

Als Carl Erich sie nun mit ebenfalls skeptisch erhobenen Augenbrauen ansieht, stampft sie mit dem Fuß auf: „Ich bin wirklich nur ein bisschen durch die Wohnung gegangen, da haben sie mich gleich rausgeworfen.“ Leise setzt sie hinzu: „Aber vorher hab’ ich das aus dem Müll gefischt.“

Carl Erich streicht das Papier glatt und liest: „Tätowierungen gegen Phobien. Was zum … ?“ Sein Mund bleibt offen stehen.

Aneska nickt bekümmert: „Das da ist genau der Stil deines Tattoos. Und auf der Rückseite ist auch genau dein Baum. Fünf Äste.“

Hastig dreht er das Papier um: „Oh mein Gott! Aneska, das sind fünf Motive. Da draußen laufen noch vier Menschen mit so einem Tattoo rum?“

„Nein, einer liegt tot da oben.“

Für einen kurzen Moment taxiert Carl Erich seine Kollegin mit dermaßen viel Verachtung im Blick, dass sie abwehrend die Arme hebt: „Ist doch wahr.“

In diesem Moment schiebt sich eine Großfamilie mit zwei

proppenvollen Einkaufswagen rücksichtslos zwischen ihnen durch, so dass sie einige Schritte zur Seite ausweichen müssen. Während Aneska lautstark flucht und der Familienvater ihr mit erhobenem Mittelfinger antwortet, senkt Carl Erich den Blick wieder auf das Papier und murmelt: „Phagophobie."

„Was?", Aneska steht wieder neben ihm.

„Da steht Phagophobie unter dem Bild mit den vier Ästen."

„Was ist das für eine Phobie?"

Carl Erich sucht schnell auf seinem Handy, stiert ungläubig auf das Ergebnis und blickt dann Aneska ins Gesicht: „Phobie gegen das Ersticken."

Auch ihre Augen werden groß: „Und die anderen?"

„Nix, nur die eine", Carl Erich wendet das Papier hin und her. Es kommt ihm vor, als würde die Tätowierung auf seinem Arm heiß brennen: „Ich muss den Toten sehen." Er tritt an die Haustür, klingelt, spricht kurz in die Gegensprechanlage, kommt aber unverrichteter Dinge zurück zu Aneska und sagt nur ein Wort: „Befangenheit."

„Wieso bist du denn jetzt plötzlich auch befangen?"

„Keine Ahnung, wahrscheinlich ist bei denen jeder befangen, der nicht in Rostock arbeitet." - Oder mit dir, denkt er.

Die Sonne bricht hinter den Wolken hervor. Aneska jedoch macht ein Gesicht wie sieben Tage Regenwetter. Carl Erich weiß, dass seine Miene nicht viel anders aussehen muss.

Der Rettungswagen, der vor dem Eingang zu den Wohnungen parkte, fährt ab. „Die nehmen den mit. Na toll, jetzt können wir nur warten“, seufzt Carl Erich.

„Da bin ich anderer Meinung“, Aneska zieht ihr Handy aus der Tasche.

Carl Erich seufzt tief: „Wie üblich.“

5. Institut für Rechtsmedizin, St.-Georg-Straße 108, Rostock, 30. April, 13:25 Uhr

„Toll, wie du das gedeichselt hast“, Carl Erich blickt bewundernd zu seiner sehr zufrieden wirkenden Kollegin hinunter, die neben ihm die Stufen zum Rostocker Institut für Rechtsmedizin emporsteigt.

Sie gehen schnell, denn gerade als sie hinter dem Leichenwagen herfuhren, fing es wieder an zu regnen. Der Leichenwagen fuhr weiter nach hinten auf den Hof. Sie haben ihre Autos auf den zwei Parkplätzen schräg links vor dem weißen zweistöckigen Gebäude geparkt.

„Tja, manchmal kann ich eben recht überzeugend sein“, grinsend schiebt Aneska einen Türflügel der hohen halbrunden Holztür auf, „Aber zugegeben, ich staune selbst ein bisschen, dass der Chef uns die Erlaubnis gegeben hat, hier bei der Untersuchung dabei zu sein.“

„Wahrscheinlich denkt er sich, hier können wir nichts anrichten“, Carl Erich räuspert sich künstlich, „oder mitnehmen.“ – „Ich weiß gar nicht, wovon du sprichst. Ist doch auch gut möglich, dass wir einfach was gut haben bei ihm, nachdem wir in Prerow drei Morde auf einmal aufgeklärt haben. Außerdem kann ich nur wiederholen: ich war noch nicht offiziell Patientin bei Moorbekker. Von wegen Befangenheit, ha! Also dürfen wir hier ermitteln."

„Mhmm", brummt Carl Erich, „schon klar. Was mich wirklich überrascht, ist, dass Moorbekker sofort rankommt. Als ob die heute nichts anderes zu tun hätten."

„Das kann uns doch nur recht sein."

„Ich mein ja nur … "

„Nix herbeireden, Ballschuweit, nix herbeireden!"

„Okay, okay", er sieht sich suchend im Flur um, „Wo ist hier das Sekretariat?"

„Warst du noch nie hier?"

„Nein, Gott sei Dank nicht."

„Oh", Aneska bleibt stehen.

„Was heißt oh?"

„Naja, der Geruch hier macht manchen etwas zu schaffen."

„Ammoniakgas und Schwefelwasserstoff. Ich war schon in zwei anderen forensischen Instituten und ich habe nicht kotzen müssen, falls es das ist, was dir Sorgen macht."

„Gut", Aneska sieht erleichtert aus, denn sie hatte schon einmal das fragwürdige Vergnügen, anwesend zu sein, als Carl Erich sich sein Essen noch einmal durch den Kopf gehen ließ.

„Also, wo lang?", Carl Erich hebt die langen Arme, „Die

könnten das hier echt mal besser ausschildern.“

„Ho, Blondie, wir sind schon da“, Aneska hält ihm am Ärmel fest und öffnet die Tür, vor der sie stehen, „Hallo Klaudia, da sind wir.“

Klaudia Pfaff linst über ihre knallgrüne Lesebrille: „Welch hoher Besuch in meinen bescheidenen Räumen. Aber euer Chef war mal wieder schneller. Hab‘ eben aufgelegt. Der weiß wirklich, wie man einer Sekretärin Honig ums Maul schmiert. Assistentin der Geschäftsleitung hat er mich genannt.“

„Das ist doch die absolut politisch korrekte Bezeichnung“, nickt Carl Erich eifrig.

„Noch so einer“, schmunzelt Klaudia und hält ihm die Hand hin. Sie blinzelt kurz, als sein Schweißgeruch sie streift: „Schon lange im Einsatz?“

Carl Erich kapiert die Anspielung nicht. Er ergreift strahlend ihre Hand: „Ballschuweit, guten Tag. Seit mittlerweile fünf Jahren. Meine Partnerin hat mir gar nicht verraten, dass Sie sich so gut kennen.“ Ein kurzer Blick zu Aneska, die ihn aber völlig ignoriert. „Wo finden wir denn Herrn Moorbekker?“

Klaudia Pfaff ist ziemlich baff ob seines Eifers. „Untersuchungsraum Vier. Die Untersuchung nimmt Oberarzt Professor Doktor Loewe vor. Unsere Sektionsassistentin Frau Hertz hilft ihm. Die beiden kennst du noch nicht“, erklärt sie an Aneska gewandt. Die macht nur fix das Daumen-hoch-Zeichen und ist schon wieder aus der Tür. Carl Erich hastet ihr nach und Klaudia Pfaff beeilt sich, ihr Fenster zu öffnen.

Ein Stockwerk höher stoßen sie beim Betreten des Flurs mit

einem hochgewachsenen Mann zusammen, der eben sein Büro verlässt. Aneska hat das Namensschild auf seinem Kittel genau auf Augenhöhe und reagiert entsprechend schnell: „Professor Doktor Loewe, vielen Dank, dass Sie uns erlauben, dabei zu sein.“ Sie reicht ihm die Hand und als er sie irritiert nimmt, stellt sie sich vor: „Kriminalmeister Kralova und Ballschuweit aus Schwerin.“

„Ah, wir hatten noch nicht das Vergnügen“, dunkelgraue Augen taxieren sie beide blitzschnell von oben bis unten, Carl Erichs Körpergeruch scheint ihm nicht aufzufallen, „Sagen Sie der Einfachheit halber Doktor Loewe zu mir.“

„Danke.“

„Meine Sektionsassistentin bereitet den Leichnam gerade vor. Möchten Sie noch etwas trinken?“, er zeigt auf einen Getränkeautomaten neben der Balkontür, vor der sie stehen.

„Nein, danke.“

„Ich bin gerade auf dem Weg in die Raucherecke. Wollen Sie mit?“

„Nein danke, wir sind beide Nichtraucher.“

„Tja, dann entschuldigen Sie mich kurz. Raum Vier ist am Ende des Ganges. Sie waren schon einmal bei einer Obduktion dabei?“

„Ja, waren wir. Allerdings möchten wir heute nur so lange bleiben, bis die Todesursache geklärt ist.“

„Gute Frau, das kann dauern. Ich habe gerade gestern neun Stunden an einer Leiche gearbeitet.“

Die gute Frau ballt die Fäuste: „Man fand ihn erhängt.“

„Ja, wenn er da nicht post mortem aufgehängt wurde, ist das in der Tat schnell geklärt. Das geht ja mit dem CT ratzfatz“, Doktor Loewe wirkt regelrecht enttäuscht, als er eine braune Schachtel und ein goldenes Feuerzeug aus der Kitteltasche zieht, „Bis gleich!“

„Da du dich in letzter Zeit ziemlich rar gemacht hast, hab‘ ich mich auch mal schlau gemacht“, Aneska dreht sich zu ihrem Partner um, „Über dein Tattoo.“ Und weil Carl Erich schwer damit beschäftigt zu sein scheint, die Münzen zu zählen, die er aus seiner Jackentasche geklaubt hat, fährt sie gleich fort: „Laut nordischer Mythologie ist das der prächtigste Baum im Zentrum der Welt, unter dem die Götter Gericht halten. Außerdem ein Sinnbild der ständigen Erneuerung des Lebens.“

„Komm du mir jetzt nicht auch noch mit der Unsterblichkeit“, Carl Erich zieht eine Flasche Mineralwasser aus dem Automaten und eine Packung Tabletten aus der Jackentasche, murmelt entschuldigend etwas von Kopfschmerzen und setzt die Flasche an. Allerdings verschluckt er sich und muss gewaltig husten, als neben ihm die Tür zum Balkon mit einem Knall auffliegt und ein bestens gelaunter Doktor Loewe hereinstürmt: „Dann wollen wir mal!“

Aneska schlägt ihrem keuchenden Partner kräftig auf den Rücken. „So ist’s recht“, nickt der Rechtsmediziner, „Luftröhrenschnitte mache ich nur ungern. Mit Ypsilon-Schnitten kenne ich mich besser aus.“ Selbstgefällig lacht er über seinen eigenen Witz. Dem Geruch nach ist er Zigarillo-Raucher. Aneska hält verkniffen lächelnd die Luft an, als er so dicht an ihr vorbeigeht, dass nicht nur sein Atem sie streift.

6. Sektionsraum 4 des Instituts für Rechtsmedizin, St.-Georg-Straße 108, Rostock, 30. April, 13:41 Uhr

Carl Erich wischt sich mit dem Ärmel durchs Gesicht und schnauft einmal tief durch, dann betritt auch er den hellen, großen Raum, der in vielem einem Operationssaal gleicht: Gekachelte Wände, Metallregale davor, in der Mitte die Untersuchungstische. Scheren, Zangen, Metallschalen, Pipetten und diverse andere medizinische Instrumente liegen bereit.

Kühle Luft schlägt ihnen entgegen, die den unbeschreiblichen Geruch der Rechtsmedizin mit sich trägt. Eine Mischung aus Desinfektionsmitteln, Seife und Verwesung.

„Nur der Tod riecht wie der Tod“, brummt Carl Erich.

Doktor Loewe schaut erstaunt über die Schulter, während er sich die Handschuhe überstreift: „Poetisch, aber treffend.“

Die junge, brünette Sektionsassistentin steht neben dem Tisch, auf dem der Leichnam mit einem grünen Tuch abgedeckt liegt. „Hertz, guten Tag“, sie reicht jedem eine medizinische Gesichtsmaske.

Carl Erich will ihr eben wortreich danken, da unterbricht ihn Doktor Loewe, indem er ein Mikrofon über dem Tisch ausrichtet und einfach laut beginnt: „Wir haben heute den 30. April, 13:45 Uhr. Untersuchung des verstorbenen

Christoph Moorbekker, wohnhaft Doberaner Straße 144, Rostock. Wir beginnen mit der gerichtsärztlichen, äußeren Leichenschau."

Frau Hertz zieht das grüne Tuch weg.

Als Carl Erich die Leiche des Therapeuten auf dem Seziertisch sieht, prallt er geschockt einen Schritt zurück. Es ist der Mann, der ihm in Swinemünde vor dem Leuchtturm begegnete.

Aneska dreht sich beunruhigt zu ihm um: „Alles okay?"

Carl Erich tritt schnell wieder vor und wedelt beschwichtigend mit der Hand: „Jaja, schon gut."

„Der Tote trägt keinen Ehering, kein Piercing", Doktor Loewe fährt ungerührt mit der Untersuchung fort.

Aneska winkt ihren Partner zu sich. „Sieh dir seinen Hals an", flüstert sie, „Da. Eine Tätowierung mit vier Ästen."

„Und drei Wurzeln. Das ist Yggdrasil."

Doktor Loewe beugt sich von der anderen Seite des Tisches über den Hals des Toten. Er nickt wissend: „Ah, na klar, der Baum des Lebens!" Er zieht den Ärmel seines weißen Kittels hoch und zeigt ihnen seinen linken Unterarm: „Ich habe auch eine Wikinger-Tätowierung. Das ist Thor der Donnergott. Er wird als Beschützer der Menschheit angesehen."

„Das ist sicher immer gut", nickt Carl Erich mit versteinerter Miene.

„Aber Yggdrasil ist auch cool", plaudert der offensichtlich tattoo-technisch versierte Rechtsmediziner weiter, „Ein Symbol der Verbundenheit zwischen den Welten. Wenn man vielseitig interessiert und für alles offen ist, passt es gut."

Aneska will etwas entgegnen, verstummt aber, als sie den Ausdruck auf Carl Erichs Gesicht sieht. Während der Rechtsmediziner nun weitere äußere Merkmale Moorbekkers ins Mikrofon diktiert, stupst sie verstohlen ihren Partner an: „Zeig noch mal deine Tätowierung!"

„Warum?", zischt er sie an, „Du hast doch den Zettel."

„Okay, okay", sie greift in ihre Jackentasche und holt den zerknüllten Zettel heraus.

Doktor Loewe scheint Ohren und Augen überall zu haben. Wie der Blitz ist er um den Tisch herumgekommen und steht neben Aneska. Er blickt stirnrunzelnd auf den Zettel in ihrer Hand: „Waren Sie beim Tätowierer des Toten?"

„Nein, das haben wir in seiner Wohnung gefunden."

„Was steht da? Tätowierungen gegen Phobien?"

„Der Tote war Therapeut."

„Und selbst Opfer einer Phobie, wie's aussieht. Das da ist doch seine", er piekt mit dem behandschuhten Finger auf das Blatt, stellt sich nun sehr eng hinter Aneska und schaut trotz ihrer bösen Blicke auf die Zeichnungen, „Was steht da drunter? Phagophobie? Angst vor dem Ersticken? Und dann erhängt er sich. Hu, also entweder ist das jetzt wirklich ein klassischer Fall von Ironie des Schicksals oder ein Motiv."

„Das stimmt", Aneska rückt demonstrativ zwei Schritte zur Seite, „Sie kennen sich aus." An den tiefen Lachfältchen rund um seine Augen kann sie trotz der Maske erkennen, dass er breit feixen muss.

Carl Erich hat sich wieder unter Kontrolle: „Könnte die

Tätowierung postmortal aufgebracht worden sein?“

Doktor Loewe beugt sich zu Moorbekkers Hals hinab, zieht die Haut mit seinen behandschuhten Händen ein wenig hin und her und schüttelt den Kopf: „Nein, die Haut ist bereits gut verheilt und weist keinerlei Entzündung auf, was dafür spricht, dass diese Wunde schon länger verheilt ist. Ich würde auch aus eigener Erfahrung schätzen, dass dieses Motiv vor mindestens drei bis vier Monaten tätowiert wurde. Das kann man aber auch noch durch die labortechnische Untersuchung des Blutes abklären lassen.“

„Tun Sie das bitte.“

Der Doktor nickt kurz seiner Sektionsassistentin zu, doch die hat bereits die entsprechende Metallschale mit Instrumenten gegriffen und beginnt, dem Toten aus dem Oberschenkel Blut abzunehmen.

Aneska wagt einen Vorstoß: „Darf ich ein Foto von der Tätowierung machen?“

„Natürlich“, Doktor Loewe ist bei so etwas tiefenentspannt, „Nehmen Sie eins mit und eins ohne Blitz auf.“ Aneska tut wie ihr geheißen. Als das Blitzlicht aufleuchtet, beugt der Doktor sich plötzlich vor. „Moment mal“, Doktor Loewe schnappt sich dann mit schnellem Griff eine Lupe von einem Beistelltisch voller Instrumente und betrachtet das Tattoo noch einmal eingehend, „Da fehlt doch was.“

„Wie meinen?“, die Sektionsassistentin ist neben ihn getreten, so dass Carl Erich und Aneska in die zweite Reihe verdammt sind.

„Da in der Mitte ist eine ungewöhnlich glatte Stelle im Tattoo“, Doktor Loewe zieht wieder die Haut hin und her,

„Aha!“

Aneska hält es nicht mehr aus: „Nun spucken Sie’s schon aus. Was ist da?“

„Gute Frau, nicht drängeln“, der hochgewachsene Mann genießt jeden Zentimeter, den er von oben auf sie herunterblicken kann, „Der Verstorbene hatte offensichtlich eine kleine, kreisrunde Narbe auf dem Hals, die er mit dem Tattoo verdecken ließ. Keine ungewöhnliche Praxis übrigens.“ Er blickt wieder durch die Lupe: „Das einzige, was mich wundert, ist, dass die Haut dort keine Farbe angenommen zu haben scheint.“

„Könnte die Narbe nach dem Tätowieren entstanden sein?“, presst Carl Erich zwischen weißen Lippen hervor.

„Das wird’s sein“, der Doktor strahlt ihn an, „Sie denken um die Ecke, das gefällt mir. Wollen Sie hier anfangen?“

„Nein, danke.“

Aneska ist um den Tisch herumgegangen, um von Doktor Loewe wegzukommen. Carl Erich sieht sie über die Kopf des Toten hinweg nur kurz an, aber sie kann in seinen Augen die unausgesprochene Frage lesen: Bin ich der Nächste?

Während Doktor Loewe die letzten Ergebnisse der äußeren Untersuchung in sein Mikrofon diktiert, macht sie Carl Erich ein Zeichen, zu ihr auf die andere Seite des Tisches zu kommen. Zur Sicherheit zieht sie ihn noch einige Schritte weg vom Obduktionstisch und flüstert: „Ballschuweit, wehe du fällst mir hier in Ohnmacht oder drehst jetzt irgendwie durch.“

„Und wenn doch? Das kann doch kein Zufall sein. Es ist

hundert Prozent dasselbe Bild."

„Wenn ich gewusst hätte, dass dich das so umhaut … ", sie rollt mit den Augen, „Aber bleiben wir mal ganz sachlich. Wie viele Menschen auf der Welt haben wohl eine ähnliche Tätowierung, hm?"

Carl Erich schüttelt vehement den Kopf: „Der Stil ist extrem ähnlich. Selbst Doktor Loewe denkt, dass der Tätowierer derselbe ist."

„Aber wenn Wikinger-Tattoos so beliebt sind, wie er sagt …"

„Wollen Sie wissen, was ich über die Todesursache herausgefunden habe oder störe ich?", kommt es pikiert vom Rechtsmediziner.

„Entschuldigung, was haben Sie für uns?"

Doktor Loewe hat mit Hilfe seiner Assistentin den Leichnam auf den Bauch gedreht, jetzt verschränkt er dramatisch die Arme vor der Brust und sieht sie ernst an: „Der Mann hat sich entleibt."

„Bitte was?"

„Naja, zumindest nannte man das früher so. Strangulation ist eine der häufigsten Methoden des Suizids und zugleich eine der ältesten Hinrichtungsarten. Ich finde den alten Ausdruck einfach ergreifend."

„Der klingt wie du", murmelt Aneska Carl Erich zu. Der schweigt und verschränkt ebenfalls die Arme, löst sie aber sofort wieder, als der Schmerz durch seinen Oberarm zuckt.

Die behandschuhte Hand des Doktors weist auf den Nacken des Toten: „Wir haben es hier zu tun mit einem Fall des

Erhängens im klassischen Sinne. Der Gleitknoten lag dorsal am Nacken.“

„Was genau heißt das?“

„Der Körper muss in einer frei schwebenden Position gehangen haben, da sich der über die Strangfurche nachweisbare Aufhängepunkt hinten in der Mitte des Nackens befindet“, er schaut irritiert auf, „Ich dachte, Sie waren es, die ihn gefunden hat?“

Aneska: „Nein, aber die Kollegen sagten mir, er hing am Lampenkabel mitten im Raum.“

„Stabile Bauweise.“

„Neubau. Über dem Supermarkt in der Doberaner Straße.“

„Uh, da geh ich nie wieder einkaufen. Nein, Scherz beiseite, ich kann auch schon mit hoher Sicherheit sagen, dass er in concreto daran gestorben ist und nicht nachträglich aufgehängt wurde.“

Carl Erich hakt nach: „Und das hat er sich wirklich selbst zugefügt?“

Aneska nickt: „Im Raum lag ein umgekippter Hocker. Da muss er drauf gestanden haben.“

„Das schon, aber diese Spuren hier sprechen eine andere Sprache“, die Finger des Rechtsmediziners wandern zum Handgelenk der Leiche, „Er war gefesselt.“

„So dass er sich nicht wehren konnte“, beendet Carl Erich tonlos den Satz.

„Selbst wenn sie das Material, mit dem er gefesselt wurde, nicht mehr in der Wohnung finden, ist die Strafsache ziemlich eindeutig“, Doktor Loewe zuckt resigniert die Schultern, „Gut, also nix mit Freitod, und Sie sagten ja, Sie haben’s eilig. Wir werden für die Todeszeitbestimmung, Blutwerte etc.pp ein paar Tage brauchen. Wissen Sie schon, an wen die Todesbescheinigung geht?“

Jetzt ist es an Aneska das internationale Zeichen für Ahnungslosigkeit zu machen: „Nein, soweit ich weiß, lebte er allein.“

„Naja, das finden Sie schon noch alles raus. Frau Hertz, wir werden wohl keine Tatortbesichtigung vornehmen müssen.“

Seine Assistentin runzelt die Stirn und klingt sehr skeptisch: „Wenn Sie meinen …“

„Quatsch, natürlich schauen wir uns das an. Schon alleine, weil ich dann mal sehen kann, wie es sich über einem Supermarkt wohnt“, er wendet sich an Aneska: „Vielleicht sieht man sich ja dort wieder?“

Ihre Mimik ist unter der Maske verborgen, aber Carl Erich kennt das gefährliche Blitzen in ihren Augen, als sie leise grollend antwortet: „Vielleicht.“

Der Doktor hat sich aber schon wieder seiner Assistentin zugewandt: „Okay, dann bringen wir mal das restliche Prozedere hinter uns. Ab zum CT.“

„Auf Wiedersehen“, versucht Carl Erich die Form der Höflichkeit aufrecht zu erhalten, aber die beiden Rechtsmediziner heben gerade die Leiche auf einen Rolltisch und so verlassen Aneska und er einfach den Raum.

Im Treppenhaus bleibt Aneska unvermittelt stehen: „Warte mal!“ Carl Erich dreht sich zu ihr um. Da sie drei Stufen über ihm steht, sind sie endlich einmal auf Augenhöhe:

„Warum bist du so zusammengezuckt, als sie das Tuch wegnahmen?“

„Das ist ... Das war der Mann, der mir vor dem Leuchtturm die Tablette gegeben hat.“

Sie muss sich am Geländer festhalten und kiekst: „Was? Moorbekker war in Swinemünde? Bist du dir sicher?“

„Ich bin mir absolut sicher.“

„Das glaub ich jetzt nicht.“

„Na passt doch“, Carl Erichs Stimme trieft vor Sarkasmus, „Odin hat sich ja auch an Yggdrasils Ästen erhängt.“ Er dreht sich abrupt um und geht wortlos die Treppe hinunter.

„Was? Wie?“, Aneska versteht kein Wort, „Ballschuweit, jetzt warte doch mal!“

„Ich muss an die Luft.“

Draußen tröpfelt es nur noch von den Bäumen. Sie gehen schweigend ein paar Schritte in Richtung ihrer Autos, doch Aneska bleibt erneut stehen und dreht sich zu dem grau-weißen Gebäude um, als wollte sie durch die Wände sehen: „Mein zukünftiger Therapeut hat angeblich eine Phobie gegen das Ersticken und erhängt sich…“

„Was bekanntlich die Luftzufuhr unterbindet.“

„Er arbeitet in Deutschland und du triffst ihn in Polen…“

„Wo er Polnisch mit mir spricht.“

„Er hat eine Tätowierung am Hals.“

„Ich habe fast dieselbe auf dem Oberarm, die …“, Carl Erich beißt sich auf die Zunge. Aneska muss nicht wissen, was für

Schmerzen er leidet. Doch sie hat sein Zögern bemerkt: „Die was?“

„Die ... auch ziemlich gleich groß ist“, an ihrem Gesichtsausdruck kann er erkennen, dass sie ihm den Nachsatz nicht wirklich glaubt. „Dieser Mann ist ein einziges Rätsel“, Carl Erich stößt schnaufend die Luft aus.

Aneska streicht gedankenverloren über ihren Hals: „So ein Tattoo hier muss doch weh tun.“

Carl Erich wiegt den Kopf hin und her, weil er sich wegen der Schmerzen in seinem Arm nicht traut, mit den Schultern zu zucken: „Glaub schon. Die Haut ist dünn und dort laufen viele Nerven entlang.“

„Er hat vier Äste, du hast fünf“, Aneska zieht noch einmal den Zettel mit den Bildern der verschiedenen Yggdrasil-Versionen aus der Tasche und betrachtet es für einen Moment. Als sie wieder hochschaut, hat Carl Erich sein Handy vor der Nase. Sie ahnt, was jetzt gleich kommt.

Er wischt erst schnell, dann immer langsamer über den Bildschirm: „Gott sei Dank, hat man mir nichts anderes gestochen. Weißt du, was es sonst noch an Wikinger-Tattoos gibt?“ Aneska hat keine Chance zu protestieren. „Viele dieser Tattoos sollen die Wikinger sogar selbst getragen haben. Also, die fürchteten sich vor Kreuzen. Das Trollkreuz ist quasi ein verdrehtes Metallstück, das für den Schutz vor schlechten Dingen und schwarzer Magie steht. Oder der Helm der Ehrfurcht, Aegishjalmur: eine achtarmige Figur, die einen Dreizack darstellt. Symbolisiert Schutz und Kraft. Drei ineinander greifende Triskelion-Trinkhörner stehen für den Gott Odin. Ein Odin-Tattoo kann auch für Heilung, Tod oder Wissen stehen, ist deswegen auch als Tattoo-Motiv sehr beliebt.“ Aneska seufzt übertrieben laut, aber Carl Erich überhört sie gekonnt: „Und dann sind da noch die Walküren, die entschieden, wer im Kampf überleben und wer sterben sollte. Als Tattoo steht die Walküre für Macht und Kontrolle über das Schicksal …“

Jetzt hat Aneska genug. Sie reißt ihm das Handy aus der Hand: „Das Schicksal deines Handys ist besiegelt, wenn du noch ein Wort sagst. Dann kannst du es nämlich oben aus der Dachrinne pulen.“ Dabei hat sie selbst ihr Telefon am Ohr und spricht auch gleich hinein, als sich am anderen Ende jemand meldet: „Ja, Chef, wir sind gerade raus. Moorbekkers Leiche zeigt Spuren von Fremdeinwirkung. Seine Hände waren gefesselt. Es war kein Suizid. Außerdem hat er eine Tätowierung am Hals, die der von Kollege Ballschuweit fast hundert Prozent gleicht ... Ja ... Genau. Wir möchten uns in der Praxis umsehen, ob wir noch weitere Hinweise finden ... Na, weitere als die auf seiner Haut ... Nein, ich habe nichts mitgenommen! Das war ein Papiertaschentuch ... Die Kollegen Bieler und Knöppler haben wohl einen Knick in der Optik ... Nein, okay, nicht witzig.“ Sie lauscht eine ganze Weile, wobei sie mehrmals genervt gegen den Bordstein tritt. Am Ende unterbricht sie den Redeschwall ihres Vorgesetzten: „Chef, Chef, was ist nun mit der Untersuchung?“ Wieder eine lange Pause, dann lässt sie den Kopf hängen: „Ich weiß, aber sie brauchen doch bloß bei den Rostocker Kollegen anzurufen oder eine Mail ... Okay, wenn’s sein muss. Ja ... jaha ... Machen wir … Mache ich.“ Sie beendet das Gespräch und gibt Carl Erich endlich sein Handy wieder. „Er stimmt nur unter der Bedingung zu, dass Bieler und Knöppler ebenfalls vor Ort bleiben. Er meint, das sei zu viel Stress für mich wegen meines Therapeuten, und zu viel Stress für dich wegen der ähnlichen Tätowierung. Als ob wir zwei Babysitter bräuchten.“

Carl Erich hat ganz andere Sorgen: „Aneska, erstens ist das der normale Dienstweg und zweitens, du hast unseren Chef angelogen. Das war kein Papiertaschentuch in deiner Hand."

„Ballschuweit, du wirst das nicht glauben, aber das hab' ich für dich gemacht! Mir ist nämlich nicht entgangen, wie beschissen es dir geht. Ich habe durchaus mitgekriegt, dass du ständig Tabletten schluckst. Von wegen Kopfschmerzen! Das ist was Stärkeres, hab' ich Recht oder hab' ich Recht? Und ich sehe, wie sehr du an diesem Fall dranbleiben willst, auch wenn du so tust, als ginge dir alles am Arsch vorbei. Du ignorierst meine Anrufe, rennst rum wie der letzte Penner, du riechst auch so und jetzt schwallst du mich mit unnützem Tattoo-Wissen zu. Ich bin weder blind noch blöd. Ich sehe doch, dass du leidest." Heftig atmend steht sie mit in die Hüften gestemmten Armen vor ihm und schaut kampfbereit zu ihm auf.

Carl Erich lässt Kopf und Schultern hängen wie ein kleiner Junge, der ausgeschimpft wird. Eine Träne rinnt seine Nase herab und fällt auf die nasse Straße, wo sie sofort unsichtbar wird. Aneska hat sie gesehen. Trotzdem wird sie nicht weich: „Jetzt schwing dich in dein verdammtes Auto und komm! Schlimm genug, dass ich hinter jeder zweiten Ampel auf dich warten muss, weil du fährst wie'n Opa mit Hut!"

7. Praxis Moorbekker, Doberaner Straße 144, Rostock, 30. April, 15:02 Uhr

„Sie schon wieder“, Kriminalkommissar Jens Bieler öffnet ihnen mit sauertöpfischem Gesicht. Aneska drängelt sich an ihm vorbei in den Flur und hält ihm dabei ihr Handy mit der Mail ihres Chefs unter seinen straßenköterblonden Schnauzbart: „Ja, ich schon wieder. Und wir dürfen hier sein. Es war kein Suizid und wir alle müssen jetzt das Material suchen, mit dem Moorbekker gefesselt wurde, bevor der Hocker umgestoßen wurde, auf dem er stand. Hallo, Herr Knöppler.“ Sie winkt dem zweiten Kollegen fröhlich mit der anderen Hand zu. Der tippt kurz mit zwei Fingern an seine Dienstmütze und geht wieder zurück in die Küche. Carl Erich folgt ihm, biegt dann aber erst mal ins Wohnzimmer ab. „Schick hier“, pfeift er durch die Zähne. Die Vier-Zimmer-Wohnung im ersten Stock hat eine Deckenhöhe von fast drei Metern und große Fenster, durch die viel Licht hereinfallen könnte, wenn es draußen schön wäre.

„Moorbekker muss aber ein starker Raucher gewesen sein“, nach dem ersten tiefen Atemzug rümpft Aneska die Nase. „Das können Sie laut sagen“, ruft Knöppler um die Ecke, „Ich weiß gar nicht, wie viele Packungen Zigaretten ich hier schon hab‘ rumliegen sehen.“

Bieler hat die Mail zu Ende gelesen: „Die dürfen tatsächlich den Tatort zu untersuchen.“ - „DIE steht auf der Weide und frisst Gras“, brummt Carl Erich so leise, dass Bieler ihn nicht hören kann. Dafür hört man umso lauter, wie der junge Knöppler geräuschvoll alle Küchenschränke auf und zu klappt. „Aber nicht wieder die Beweisstücke auffuttern“, ruft ihm Bieler zu.

„Als ob“, grummelt jetzt auch Aneska, die eben neben Carl Erich auftaucht, „Ich nehme den Schreibtisch hier. Siehst dich im Behandlungszimmer nebenan um?“

„Okay.“

Als Bieler vom Flur aus sieht, wohin Aneska sich wendet, ruft er laut: „Da habe ich schon geguckt. Die obersten beiden Schubladen sind abgeschlossen. Wer weiß, wo er die Schlüssel versteckt hat.“

„Okaaaayyy“, antwortet Aneska gedehnt und geht in die Knie, um von unten unter die Tischplatte zu schauen.

„Wenn Sie irgendetwas finden, sagen Sie aber sofort Bescheid.“

„Natürlich, Herr Bieler, mach‘ ich doch gerne.“

„Na bitte, geht doch“, der Zynismus in ihrer Stimme ist spurlos an ihm vorbeigegangen.

In diesem Moment ruft Knöppler wieder aus der Küche: „Na, wenn das hier mal nicht nach Drogenkonsum aussieht.“ Bieler eilt zu ihm. Carl Erich steckt kurz den Kopf in den Flur, wird aber von Aneska durch energisches Winken wieder ins Behandlungszimmer zurückgescheucht.

Aneska durchsucht schnell und systematisch die offenen Schreibtischschubladen, hebt die Schreibunterlage hoch, auch das Sitzkissen des Stuhls davor, findet aber keinen Schlüssel.

„Huch!“ Das war leise aber eindeutig Carl Erich. Sofort ist sie im Nebenzimmer und findet ihren Partner vor einem der Bücherregale, das jedoch nicht mehr an der Wand steht, sondern schräg im Raum. Durch leichtes Hin- und Herdrehen zeigt er ihr, dass es sich bewegen lässt wie eine Tür.

„Ich wollte ein Buch rausziehen, da hat sich gleich das ganze Ding bewegt. Offenbar wurde ein Teil des großen Zimmers mit Trockenbauwänden abgeteilt“, flüstert er, „Dahinter sind vielleicht noch einmal fünf Quadratmeter Platz.“

Beide quetschen sich durch die Öffnung und ziehen das Regal wieder ein Stück zu. Carl Erich staunt: „Ich glaub‘, mein Hamster bohnert! Das ist ja die reinste Überwachungszentrale.“

Eine erstaunliche Menge von Computern, Monitoren und Laptops ist auf und unter einem Tisch mit diversen Regalbrettern darüber verteilt. Alle Geräte sind auf Standby. Dazwischen liegen kreuz und quer bunte Kabelreste, DVDs ohne Hülle, Papiere, USB-Sticks, Kugelschreiber, verschiedene Lautsprecher, mehrere Computer-Mäuse und Tastaturen und über allem thront eine Pinnwand, die unter bunten Haftnotizen komplett verschwunden ist. Stapelweise Aktenordner wurden auf jedem freien Zentimeter abgestellt.

„Was für ein Chaos! Wer Ordnung liebt, ist nur zu faul zum Suchen“, Carl Erich ist erschüttert.

„Allerdings“, Aneska zieht die Nase kraus, „Sag mal, riechst du das auch?“

„In unseren Kleidern hängt noch der Leichengeruch. Aber das meinst du wohl nicht. Auch nicht das Ozon der Computer“, Carl Erich schnuppert noch einmal, „Ah, hier riecht's nach Cannabis."

Aneska zeigt auf einen Aschenbecher mit den charakteristischen Resten selbstgedrehter Zigaretten: „Hier hat er sich wohl entspannt."

„Mhm."

„Was ist das für ein Geräusch?" Beide halten inne. Ein dumpfes Rauschen erklingt über ihren Köpfen, dass mit jeder Sekunde an Intensität zunimmt.

„Das ist Regen."

„Meine Güte, da draußen muss grad' die Welt untergehen."

„Egal!", Aneska winkt ab, „Jetzt los, bevor die beiden Knallchargen in der Küche merken, dass wir nicht mehr da sind. Bei dem Lärm da draußen hören wir nicht, wenn sie kommen. Du suchst hier, ich da drüben."

Aneska nimmt sich die nähere Umgebung des Computers vor ihrem Bauch vor, durchblättert einen Stapel DVD's daneben. Nach kaum einer Minute der Suche dreht sie sich ruckartig um und greift Carl Erich hart am Arm: „Ballschuweit, du bist auch hier?"

„Aua, natürlich bin ich hier, ich stehe neben dir", Carl Erich blickt irritiert auf seine Partnerin herab.

„Du bist auch hier dabei!", sie hält ihm eine DVD mit seinem Namen darauf vors Gesicht, „Du bist hier Patient?"

„Was? Wie? Nein, das kann nicht sein", Carl Erich windet sich, stottert, verstummt. Aneska schiebt einfach die DVD in den Computer, der Bildschirm erwacht leuchtend zum Leben und zeigt auch sofort das Fenster zum Abspielen. Aneska drückt auf „Play". Während der Film lädt, schaut sie Carl

Erich unverwandt an. Der ist puterrot, kneift aber die Lippen fest zusammen und sagt keinen Ton.

Eine Schwarz-Weiß-Aufnahme des Behandlungszimmers erscheint auf dem Bildschirm. Moorbekker sitzt mit dem Rücken zur Kamera auf einem Stuhl, ein offensichtlich nervöser Carl Erich ihm gegenüber auf der Kante eines Sessels. Moorbekker hat ein Klemmbrett auf den Knien, einen Stift in der einen und eine Zigarette in der anderen Hand. Die Aufnahme beginnt offenbar mitten im Gespräch. Moorbekker schlägt die Knie übereinander: „Würdest du sagen, dass du Angst vor dem bewaffneten Zugriff auf Kriminelle hast?“

Aneska sieht, wie Carl Erich auf dem Bildschirm verzweifelt die Hände ringt: „Hm, ich ... ich habe Angst vor dem Schuss. Ich kann nicht abdrücken. Ich presse die Hand um den Schaft, bis meine Finger weiß sind. Wenn ich Schießübungen mache, ziele ich manchmal minutenlang, bis mir die Augen tränen. Ich glaube, ich kneife auch die Augen zusammen, wenn der Schuss bricht. Eigentlich erschrecke ich schon vor dem Schuss.“

Moorbekker nickt langsam mit dem Kopf: „Rozumiem, äh, ich verstehe, was du meinst. Das alles klingt für mich nach Hoplophobie, der Angst vor Feuerwaffen.“

Aneska hält das Video an: „Der hat gerade Polnisch gesprochen!“

„Ich dachte, er hätte sich geräuspert“, Carl Erich sieht sie mit großen blauen Augen an.

„Ballschuweit, verarsch mich nicht!“ Doch Carl Erich hebt nur entschuldigend die Hände und sie lässt die Aufnahme weiterlaufen.

„Eine Phobie verändert das gesamte Denken und Handeln“, Moorbekker beugt sich vor, „Man lebt permanent w trwodze ... also in Furcht, man denkt nur noch an dieses eine Thema.“

Carl Erich sieht sich auf dem Bildschirm heftig nicken.

„Viele Symptome, die du mir beschreibst, passen dazu: das Zittern, Schwitzen, Herzklopfen und die Übelkeit. Es ist gut, dass du hier bist, denn das kann bis zu Herzrasen, Atemnot und am Ende zur Ohnmacht führen.“

Ein kurzer Blick Aneskas trifft Carl Erich bis ins Mark. Dann wenden sich beide wieder dem Bildschirm zu.

„Bei deinem Beruf kannst du Situationen, in denen du eine Waffe halten musst, nicht vermeiden. Aber generell gilt, Vermeidung kann eine Phobie noch verschlimmern. Szczerze mówiąc, Carl Erich, ich sage es ganz ehrlich: Komplexe Phobien wie deine sind schwierig zu heilen. Eine Kombination aus Therapiesitzungen und angstlösenden Medikamenten kann helfen.“

„So etwas wie Antidepressiva? Oje, was ist mit den Nebenwirkungen? Ach verdammt, ich fühle mich, als ob mich niemand verstehen würde“, Carl Erichs Stimme klingt dumpf, denn er hat das Gesicht in den Händen verborgen.

Moorbekker lehnt sich zurück: „Keine Sorge, da bist du nicht allein. Sehr viele Betroffene haben wegen der Phobie auch Angst davor, dass man sie auslacht oder sogar für dumm hält. Nichts macht so schwach wie Verzweiflung. Angst schwächt die Aura eines Menschen. Nie ważne, wie sagt man? Egal, später mehr.“

„Und Sie ... ich meine, du meinst, du kannst mich heilen?“

„Ich meine nicht nur, ich weiß, dass ich es kann. Wenn du bereit bist und aktiv mitmachst, wird es auf jeden Fall ein Erfolg. Na pewno, ganz sicher. Ich werde dir meine Methode erklären: Wir machen erst einmal drei Sitzungen Hypnotherapie. Häufig liegen die Ursachen für Probleme weit weg, in lange vergangenen Episoden unseres Lebens. In der Hypnose werden wir zu diesen belastenden Ereignissen zurückkehren. Nie bój się, keine Angst, du wirst in einem Zustand der tiefen Entspannung sein und genau dort findet man so viel leichter die Lösung des Problems. Wenn danach keine fühlbare Besserung eintritt, würde ich noch eine gesonderte Hypnotherapiesitzung an einem anderen Ort empfehlen. Und erst danach gehen wir zu Medikamenten über.“ Er nimmt einen letzten tiefen Zug, drückt die Zigarette aus und zündet sich sofort eine neue an.

Aneska drückt die Stopp-Taste: „Du bist Patient von Moorbekker und hast an seiner Hypnotherapie teilgenommen.“ Es ist eine Feststellung, keine Frage.

„Ja“, es ist mehr ein Hauch als ein Wort. Carl Erichs Gesicht glüht vor Scham: „Ein Polizist, der nicht schießen kann. Ich wusste nicht mehr weiter.“

„Weiß der Chef davon?“

„Ja, der hat mir Moorbekker sogar empfohlen. Waren wohl schon einige Kollegen hier.“

Aneska nickt wissend: „Das hat er mir auch gesagt. Aber warum Hypnotherapie?“

Carl Erichs Kopf ruckt hoch: „Glaubst du, ich habe vorher nichts anderes probiert? Hast du eine Ahnung, wie viel ich gelesen habe? Alles ohne Erfolg. Du wolltest dich doch auch hier heilen lassen. Hast du dich nicht vorher informiert?

Hypnotische Trance, im klassischen Sinn ist ein gutes, sicheres Verfahren. Wie ein leichter Schlaf, nur besser. Man ist trotz Trancezustand bei Bewusstsein und kann jederzeit aufhören. Ein Freund von mir hat es dadurch geschafft, sich das Rauchen abzugewöhnen.“

Aneska wedelt mit den Händen, um Carl Erich zu bedeuten, leiser zu sprechen: „Okay, okay. Ich beginne zu verstehen.“ Dann schnaubt sie: „Das mit der Rauchentwöhnung hätte Moorbekker mal bei sich selbst ausprobieren sollen. So wie das hier stinkt. Draußen habe ich mindestens vier volle Aschenbecher gesehen. Und hier stehen schon wieder zwei.“

„Plus seine Phobie…“

„Ein Therapeut, der selbst unter einer Phobie leidet. Die Welt ist wirklich seltsam. Vielleicht finden wir einen Hinweis, ob Moorbekker bei einem Kollegen in Therapie war.“

„Ja, ja, das sollten wir weiter verfolgen“, Carl Erich ist erleichtert, dass Aneska das Thema gewechselt hat. Aber gleich wird ihm wieder heiß und kalt, als sie erneut die Play-Taste drückt.

Sie sehen, wie sich Moorbekker ein paar Notizen auf seinem Block macht und aufsteht, dann wird das Video von einem statischen Schneegestöber unterbrochen. Die Uhr am Bildrand läuft jedoch weiter. Während sie warten, fragt sich Aneska halblaut: „Warum noch eine Sitzung an einem anderen Ort? Hypnotherapie wird doch weltweit praktiziert. Außer einem ruhigen Raum braucht man dazu nichts.“

„Das hat Moorbekker vorgeschlagen. Ich …“, Carl Erich fasst sich an den Kopf, dann packt er sie bei den Schultern, sieht sie mit weit aufgerissenen Augen an, „Ich weiß es wieder! Ich habe diese Fortbildung in dem metallverarbeitenden Betrieb in Ahlbeck angeregt, obwohl das Thema mich eigentlich überhaupt nicht interessiert. Aber von dort ist es nur ein Katzensprung nach Polen. Eine knappe Viertelstunde."

„Aber dann erwachst du mitten im Industriegebiet am Fuße eines Leuchtturms. Was zum Henker ist da schiefgegangen?"

Carl Erichs Arme fallen wieder schlaff herab: „Keine Ahnung."

In diesem Moment geht das Video weiter. Moorbekker sitzt jetzt an seinem Schreibtisch: „Ich werde dir helfen, nicht ständig den Fokus auf negative Dinge zu lenken."

Carl Erich hat sich ebenfalls erhoben und tritt vor den Schreibtisch: „Ja, es ist wie in einem Hamsterrad, in dem ein quälender Gedanke auf den anderen folgt."

„Wie gesagt, ich bin mir sicher, dass bereits die Hypnotherapiesitzungen hier zu einer Verbesserung führen werden. Aber hättest du ein Problem damit, für eine finale Sitzung nach Polen zu reisen?"

„Ha!" Carl Erichs Zeigefinger schnellt auf den Bildschirm, während der kleine, schwarz-weiße Carl Erich auf dem Bildschirm sagt: „Polen? Öh ... okay, das ist ja nicht allzu weit weg. Ja, ich würde sogar ganz gerne dorthin fahren. Das kriege ich hin."

Sie hören noch, wie Moorbekker Carl Erich warnt, dass die Trance an einem anderen Ort überraschend verlaufen könne. Sehen dann, wie Carl Erich lässig abwinkt und der Doktor ihm einen Kugelschreiber und ein Papier reicht, das Carl Erich unterzeichnet. Danach endet die Aufnahme.

„Das ist doch alles Bullshit. Wieso will er mit dir nach Polen? Wieso ist er bei allem so vage? Wieso unterschreibst du das sofort? Und wieso sagt der keinen Pieps über diese Tätowierungen, wenn er sich dafür sogar eine Liste gemacht hat? Vierzehn Tage ist es jetzt her und du kämpfst immer noch mit Gedächtnislücken …“, Aneska hält inne und blickt ihren Partner sehr streng an, „Falls du tatsächlich dein Gedächtnis verloren hast.“

Carl Erich hebt die Schwurhand: „Aneska, du musst mir glauben. Ich weiß wirklich nicht, was in Polen mit mir passiert ist.“

„Na gut, aber was soll dieses Gefasel“, sie deutet auf den schwarzen Bildschirm, „dass die Trance an einem anderen Ort überraschend verläuft?“ Mit erhobenen Fingern setzt sie „überraschend“ in gestische Anführungszeichen. „Ist das jetzt Therapeuten-Humor, oder was?“

„Mit dem Midazolam ist ihm Überraschung gelungen.“

„Ja, leider“, Aneska legt eine Hand leicht auf seinen Unterarm, „Aber Ballschuweit, warum hast du mir nie davon erzählt, dass du Probleme mit dem Schießen hast, verdammt nochmal.“

„Zuzugeben, dass man eine Phobie hat, ist alles andere als leicht“, Carl Erich blickt zu Boden, tätschelt unsicher ihre Hand auf seinem Arm und sucht nach den richtigen Worten, „Grundsätzlich ist Angst ja eine logische Reaktion auf Gefahr. Früher sicherte Angst unser Überleben. Aber da war die angsteinflößende Situation auch irgendwann vorbei. Meine Angst hält seit Monaten an.“

„Ist es, weil dich damals mein Querschläger am Bein verletzt hat? Das ist jetzt mehrere Monate her.“

„Nein, nein, das hab' ich auch schon mit dem Chef besprochen. Wir glauben beide, dass es weiter zurück liegen muss, denn ich habe schon davor nicht gerne geschossen. Außerdem hätte ich dann ja wohl Angst, wenn ich dich oder andere Kollegen mit einer Waffe sehe, aber das macht mir eigentlich gar nichts aus. Es ist nur da, wenn ich selbst eine Waffe in der Hand halte."

Für eine Sekunde überlegt Carl Erich, ob er Aneska jetzt von seinen Selbstmordgedanken erzählen sollte. Sie weiß ja offensichtlich, wie furchtbar er leidet. Aber er kann es nicht. Er kann es einfach nicht. Lieber regt er sich über Moorbekker auf: „Ich wusste nicht, dass mein Therapeut seine Patienten filmt. Das ist nicht rechtens. Hier geht es immerhin um mein Recht am eigenen Bild. Filmen ohne Einwilligung ist strafbar."

Aneska drückt auf den entsprechenden Knopf am Gerät, lässt die DVD auswerfen und reicht sie ihm: „Das hast du jetzt ganz allein in der Hand."

Carl Erich schaut entgeistert auf die glänzende Scheibe in seiner Hand: „Ich werde keine Beweismittel unterschlagen, selbst wenn der Täter tot ist." Er legt die DVD wieder auf den Tisch. „Ich trage eine Waffe, weil der Job es verlangt. Aber ich bringe die Leute lieber ins Verhörzimmer statt unter die Erde", obwohl er mit Bestimmtheit spricht, glaubt er sich selbst kein Wort und möchte nur zu gerne das Thema wechseln. „Und weshalb wolltest du nun eine Therapie bei Moorbekker machen?"

Gerade als Aneska zu einer Antwort ansetzt, wird die Regalwand geöffnet und die beiden Rostocker Kollegen stecken ihre Köpfe in den Geheimraum. Bieler blökt prompt los: „Was in drei Teufels Namen ist das?"

Als sie sich zu viert in den kleinen Raum quetschen, kommt Carl Erich mit dem Ellenbogen an einen Stapel Ordner, der vom Tisch auf den Boden rutscht und dabei eine Kaskade von CDs mit sich zieht. Er bückt sich zeitgleich mit Bieler und sie krachen mit den Köpfen aneinander. Der Polizist reibt sich den Schädel: „Aua, die Tucke hat ja einen richtig harten Schädel."

„Tucke?", wispert Aneska, „Haben Sie meinen Partner gerade Tucke genannt?"

„Mein Gott, man wird ja wohl mal …"

„Der liebe Gott kann Ihnen jetzt auch nicht mehr helfen!"

Ein Blick auf Aneskas Gesicht und Carl Erich weiß, was jetzt kommt, also schiebt er sich flugs an ihr vorbei zurück ins große Zimmer: „Ich geh mal die Kameras draußen suchen."

Da die Trockenbauwand keinerlei Schallschutz bietet, kann er sehr gut mitanhören, wie Aneska drinnen zu Bestform aufläuft: „Bieler, Sie Arsch! Homophobes Mobbing ist unmoralisch, eine schwere Verletzung der Menschenrechte und ein Problem der öffentlichen Gesundheit. Zitat UNO-Generalsekretär Ban Ki-moon."

„So war das doch gar nicht…"

„Ihr Mangel an Einfühlungsvermögen ist mir heute nicht zum ersten Mal aufgefallen, Herr Kollege! Wenn Sie aus Angst davor, selbst gemobbt zu werden, das Bedürfnis haben, andere zu beherrschen, dann sind Sie hier aber an der ganz falschen Stelle!"

„Ich …" - „Haben Sie möglicherweise Angst, selbst als

homosexuell wahrgenommen zu werden?“

„Nein, ich …“

Während Carl Erich versonnen lächelnd die Stehlampe nach einer versteckten Kamera absucht, schiebt sich auch Kollege Knöppler aus dem Geheimzimmer. Mit weitaufgerissenen Augen wedelt er mit der Hand: „Oha, ganz, ganz tiefer Fettnapf.“

„Yep“, grinst Carl Erich, „Und sie wird ihn erst wieder loslassen, wenn sie ihn einmal richtig schön kielgeholt hat.“

Knöppler bläst die Backen auf und schließt sich der Suche nach den Kameras an, indem er sich einen Stuhl heranzieht, hinaufsteigt und oben auf einem Bücherregal nachsieht. Wohlwollend betrachtet Carl Erich die knackige Kehrseite des Kollegen, ehe er sich selbst zur Ordnung ruft.

Hinter sich hören sie, wie Aneska Bieler mit einer Anzeige droht, sollte er sich nicht sofort entschuldigen und sie stellt ihm auch knurrend in Aussicht, dass sie ihn für einen sehr langen Zeitraum sehr genau beobachten wird: „Wenn mir nicht gefällt, was ich sehe, lass Sie sich gesagt sein: Ich bin nett und sozial, aber wenn’s sein muss, hau ich Ihnen in die Fresse.“

Offensichtlich ist die Audienz damit beendet, denn Bieler kommt schweißgebadet aus dem Geheimzimmer und entschuldigt sich bei Carl Erich. Anschließend verkrümelt er sich ganz schnell wieder in die Küche.

Ulrich Knöppler findet die versteckte Kamera in einer künstlichen Topfpflanze auf dem Regalbrett hinter Moorbekkers Schreibtisch. „Hab‘ mich schon gewundert, wieso das Kraut bei dieser schlechten Luft hier drin noch keine gelben Blätter hat“, unkt er eben als Aneska aus dem

Geheimraum kommt.

Carl Erich hustet Beifall, verstummt aber sofort, als er sieht, was seine Partnerin der Hand hält: „Schon wieder ein Zettel?“

Aneska wirft ihm einen eiskalten Blick zu und wendet sich an Knöppler: „Hier ist ein Mietvertrag über einen zusätzlichen Kellerraum unter dem Anker. Sagt Ihnen das was?“

„Anker?“, Knöppler runzelt irritiert die Stirn, dann hellt sich seine Miene ebenso schnell wieder auf, „Na klar, bis vor ein paar Jahren stand hier noch die Ruine der Anker-Spirituosen-Fabrik.“

„Und was befand sich darunter?“

„Der Eingang in die Katakomben von Rostock“, der junge Beamte macht eine abwiegelnde Handbewegung, „Aber das klingt jetzt pompöser als es eigentlich ist. Genau genommen sind es nur die Kellergewölbe der Schnapsfabrik. Aber man sagt, es gäbe einen Tunnel quer unter der Straße rüber zur Rostocker Brauerei.“

Aneska haut ihm auf die Schulter und lächelt ihn strahlend an: „Dann zeigen Sie doch jetzt uns schwierigen Schwerinern mal, wie rasch die rüstigen Rostocker einen Durchsuchungsbeschluss bekommen!“

8. „Anker“, Doberaner Straße 144, Rostock, 30. April, 16:08 Uhr

Knöppler hat auf dem Revier angerufen, um den Namen und die Telefonnummer des Hausbesitzers zu erfahren, und ein überraschend kooperativer Bieler hat ihnen beim Staatsanwalt in Rekordzeit einen Durchsuchungsbeschluss für den Keller besorgt. Aneska hat ebenfalls kurz mit dem Hausbesitzer des ehemaligen „Ankers“ gesprochen und ist dann mit einem entsetzten Bieler zum ihm gefahren, um sich den Schlüssel abzuholen.

Als die beiden nun zurückkommen, ist Bieler kreidebleich und stumm. Ob es an Aneskas Fahrstil oder ihrer Wortwahl liegt, wird Carl Erich nie erfahren, denn seine Partnerin kommt wie immer sofort zur Sache: „Den Durchsuchungsbeschluss hätten wir quasi nicht gebraucht. Der Besitzer hat bei der Schlüsselübergabe nur lapidar gesagt, dass da unten heute wohl viel los sein müsse. Eine andere Gruppe hätte auch schon um den Schlüssel gebeten. Die wollten da unten irgendwelche Messungen vornehmen. Ich hab‘ das Gefühl, der lässt da jeden rein.“

Der Regen macht gerade eine kurze Pause, als die vier über den Hof zum Eingang des Kellers auf der Rückseite des Gebäudes pilgern. Knöppler sieht freudig gespannt aus, Bieler folgt mit deutlich widerwilligem Gesichtsausdruck.

„Ich habe noch nie von diesen sogenannten Katakomben gehört“, sagt Aneska, bereut diese Worte jedoch sofort, denn

Carl Erich scheint nur darauf gewartet zu haben: „Während du die Schlüssel abgeholt hast, habe ich ein bisschen recherchiert.“

Das gebrannte Kind stöhnt laut auf, doch ihr Partner ignoriert es wie üblich gekonnt und lässt sich auch durch ihre Einwürfe nicht aus der Ruhe bringen: „Der Anker hat eine lange und wechselvolle Geschichte.“

Sie ächzt: „Lang. Ich höre nur lang.“

„Ursprünglich, also in den 1870ern, …“

„... was ja praktisch gestern war …“

„... war es eine Spirituosenfabrik, dann zeitweise eine Brauerei und nach dem Krieg wurde hier wieder Schnaps gebrannt.“

„Prost Mahlzeit.“

„1994 wurde die Produktion eingestellt, …“

„Oooh.“

„... das Gebäude stand leer und brannte 1998 aus. Irgendwann in diesem Zeitraum annektierte die hiesige Technoszene die leerstehenden Kellergewölbe.“

„Uffta, uffta, uffta.“

Carl Erich stößt ihr lachend den Ellenbogen in die Seite: „Du bist unmöglich!“

„Und du hast kein Pokerface!“, Aneska hat die Kellertür aufgeschlossen und den Lichtschalter betätigt, „Ja, sieht alt aus.“

Bieler drängt sich nach vorn: „Lassen Sie mich zuerst

reingehen, Sie sind ja unbewaffnet.“

Aneska winkt ihn spöttisch durch, folgt ihm dann aber auf dem Fuße. Carl Erich geht als letzter durch die Tür. Als er das schwere, metallene Türblatt abfängt, damit es nicht laut zuknallt, durchfährt der Schmerz wieder seinen Oberarm. Er nimmt rasch eine Tablette aus seiner Jackentasche und würgt sie mühevoll herunter. Dann folgt er den anderen langsam die Treppe hinab und durch einen tristen Kellerflur. Die Räume rechts und links davon sind zwar gesäubert worden, aber es riecht noch immer sehr muffig und die öde Atmosphäre drückt ihn regelrecht nieder. Gott sei Dank funktioniert überall das Deckenlicht, doch so springen die knallbunten Graffitis an den Wänden noch stärker ins Auge. Sie stoßen auf zwei verwaiste Schlafplätze von Obdachlosen, begegnen aber keinem Menschen.

„Oben hui, unten pfui“, wispert Knöppler und die drei anderen nicken zustimmend.

Der schwarze Gedanke blitzt wieder in Carl Erich auf, als er nun sieht, wie Bieler mit gezogener Waffe vor ihnen marschiert: „Warum quäle ich mich immer weiter? Ein Schuss und alles wäre vorüber.“

Aneskas ungeduldige Stimme holt ihn zurück in die Wirklichkeit: „Kommst du endlich?“

Sie sind mittlerweile durch mehrere Kellerräume hindurchgegangen. Carl Erich hat einen furchtbar trockenen Hals und muss immer wieder husten. Es fühlt sich an, als würde die Schmerztablette immer noch in seiner Speiseröhre stecken.

„Alles okay mit dir?“, Aneska ist stehengeblieben und sieht ihn besorgt an.

„Ja, ja, ich habe nur einen Frosch im Hals“, Carl Erich versucht das unangenehme Gefühl wegzuräuspern. Aneska sieht nicht überzeugt aus, kramt ein Bonbon aus ihrer Jacke und drückt es ihm in die Hand.

„Danke.“

Sie durchqueren weitere leere Keller, bis sie in einen Raum gelangen, der mit leeren Metallregalen vollgestellt ist. An seinem Ende beginnt ein langer, unterirdischer Tunnel. Knöppler zeigt hinein: „Das muss der Gang rüber sein. So wie wir gelaufen sind, müsste über uns jetzt die Doberaner Straße sein und dieser Gang führt diagonal zu den Lagerhallen der Rostocker Brauerei.“

Carl Erich hat sein Handy angeschaltet, nur um festzustellen, dass er keinen Empfang hat. Knöppler sieht das: „Kannst mir schon glauben.“

Aneska staunt: „Ihr seid per du?“

„Naja, Carl Erich hat mir vorhin so viele interessante Geschichten erzählt …“

„Pst!“, ein scharfes Zischen von Bieler bedeutet ihnen zu schweigen. Er schiebt sich einige Schritte näher an die Röhre, „Ich hör‘ was.“

Da hier keine Lampen mehr an der Decke hängen, sind sie gezwungen, ihre Handytaschenlampen einzuschalten. Der Gang, den sie jetzt betreten, ist mehr eine Röhre, so breit wie ein Hausflur. Vom Ende dieser Röhre hallt leises Stimmengewirr zu ihnen.

„Da ist jemand“, Bieler betritt die Röhre, doch Aneska packt ihn an der Schulter: „Das kann auch die andere Gruppe sein. Wir müssen hier suchen. Moorbekkers Mietvertrag lautet auf den Anker, nicht auf die Brauerei!“

„Haben Sie nicht die Obdachlosenlager vorhin gesehen? Ich tue dem Hausbesitzer einen Gefallen!“, er schüttelt ihre Hand ab und geht weiter, leuchtet tief in die Röhre hinein und als er am anderen Ende die Strahlen mehrerer Taschenlampen auftauchen sieht, ruft er laut: „Polizei, kommen Sie raus!“

Zwei Männer und zwei Frauen erscheinen am Ende der Röhre. Sie sehen nicht aus wie Obdachlose, mehr wie Wanderer mit Rucksäcken und bunter, moderner Funktionskleidung. Alle vier tragen eine starke Taschenlampe in der einen und irgendwelche schwarzen Gegenstände in der anderen Hand.

„Waffen fallenlassen!“, Bieler steht schussbereit.

„Wir sind unbewaffnet“, ruft ein Mann mit schulterlangem grauen Haar, das ihm halb über die Augen fällt.

„Legen Sie alles auf den Boden, was Sie in den Händen halten!“, Bielers harsche Stimme donnert durch die Betonröhre.

„Auch die Taschenlampen?“, fragt die eine Frau etwas bange.

„Auch die Lampen. Bleiben Sie bitte stehen, wir kommen zu Ihnen“, Knöpplers Ton ist sehr viel freundlicher als der seines Kollegen, aber seine tiefe Stimme wird unheimlich vibrierend von den Wänden zurückgeworfen.

Langsam gehen sie auf die vier Personen am Ende der Röhre zu, leuchten sie von oben bis unten ab. Bieler herrscht die vier an: „Was machen Sie hier?“

„Wir untersuchen diese Örtlichkeit, um paranormale Aktivitäten nachzuweisen“, antwortet der ältere der beiden Männer ruhig.

„Ah, Geisterjäger!“, entfährt es Carl Erich.

„Wir sind keine Jäger, wir erschießen ja niemanden“, empört sich die blonde Frau, die hinter dem älteren Mann steht.

„Wir bevorzugen den Ausdruck paranormale Ermittler“, der jüngere Mann reckt sich, um sie neugierig anzusehen, „Und wer sind Sie?“

Bieler steckt die Waffe weg und zeigt seine Marke sowie den Durchsuchungsbeschluss: „Wir sind die normalen Ermittler.“

„Sehr witzig“, die Augen des jungen Mannes unter der blauen Basecap werden schmal.

„Nein, Realität. Ihre Personalausweise bitte.“

Die vier zücken ihre Portemonnaies und fördern die geforderten Karten zutage. Knöppler nimmt die der Frauen entgegen, Bieler die der Männer.

Carl Erich will den Anführer der Gruppe testen: „Wie sind Sie hier hereingekommen?“

„Wir haben die Schlüssel und die Erlaubnis des Grundstückseigentümers erhalten“, der grauhaarige Mann zeigt ihnen den Schlüssel, weist dann auf den jungen Mann und die beiden Frauen: „Mein Name ist Schollmeyer, aber nennen Sie mich Scholle. Das sind Siggi, Gabi und Danni.“

„Ballschuweit“, stellt Carl Erich sich vor, blickt dann auf die Gegenstände, die die vier auf dem Boden abgelegt haben, „Interessante Geräte haben Sie dabei. Ist das ein

Geigerzähler?“

„Richtig!“, freut sich Schollmeyer, „Zur Messung von Strahlungsschwankungen. Wir haben den ganzen Standard dabei: Videokameras, Fotoapparate, Infrarotkameras, SLS-Kamera nebst diversen Ersatz-Akkus. Sie glauben ja gar nicht, wie schnell manche Entropien die Energie aufbrauchen, die wir mitbringen. Man geht mir vollem Akku rein und wutsch, ist er leer. Dann brauchen wir natürlich noch Audiorekorder, EMF-Magnetfelddetektor, Infrarotthermometer,…“

Aneska unterbricht seinen Redeschwall: „Thermometer?“

„Um Temperaturunterschiede der unterschiedlichen Oberflächen feststellen zu können.“

„Ich weiß, wozu man ein Thermometer benutzt. Aber wozu das ganze Gelumpe?“

„Um verlässliche Daten mit wissenschaftlichen Methoden zu sammeln.“

Danni, die vorher noch so bange wegen der Taschenlampe war, strafft sich: „Viele Menschen waren an diesem Ort und haben viel Energie hinterlassen. Wir benötigen die Geräte, um natürliche Ursachen auszuschließen.“

„Klingt bedrohlich nach Missbrauch“, Aneskas Stirn umwölkt sich.

Die blonde Gabi linst über die Schulter ihrer Freundin: „Niemals! Paranormale Ermittler riskieren ihren Ruf, wenn man sie bei Fälschungen erwischt!“

„Was bei Fotos ja nicht unbedingt schwer ist.“

„Ach“, Danni winkt ab, „eine Fotokamera mit starkem Blitz

zu verwenden ist Mode unter jungen, unerfahrenen Ermittlern. Die wollen eventuelle Erscheinungen damit überraschen. Das ist Blödsinn, denn vor allem blendet man sich damit selbst.“

Schollmeyer wendet sich wieder an Carl Erich: „Und warum sind Sie hier unten? Ist hier was passiert?“

„Darüber dürfen wir bislang keine Auskunft geben.“

„Ah, verstehe, laufende Ermittlungen und so“, der junge Siggi sieht erleichtert aus: „Kein Problem, Sie gehen Ihres Weges und wir gehen unseren.“

Nachdem Bieler und Knöppler ihnen ihre Ausweise zurückgegeben und sie ihre Gerätschaften wieder aufgenommen haben, drehen die vier ab. Weit kommen sie allerdings nicht. Am Ende der Röhre bleiben sie schon wieder stehen und besprechen sich leise.

Während sie in die entgegengesetzte Richtung gehen, wispert Carl Erich in Aneskas Ohr: „Viele als Beweise angeführten Daten solcher Geisterjäger sind durch unsachgemäßen oder zweckfremden Einsatz der Messgeräte und durch falsche Interpretation der Ergebnisse unhaltbar.“

„Freut mich zu hören“, flüstert Aneska zurück.

Gabi ist in die Mitte des angrenzenden Raumes getreten, als wolle sie eine Ansprache halten, räuspert sich und sagt dann laut: „An alle, die sich hier befinden. Wir möchten euch kein Leid antun. Wir möchten nur mit euch in Kontakt treten.“

Anschließend ist es einige Sekunden still. Die vier Kriminalpolizisten laufen weiter zurück durch die Röhre, um weiter nach dem Mietkeller zu suchen, als sie Siggi sagen hören: „Scholle, ich hab‘ ein Piepen im Ohr.“

Aneska kann es nicht lassen und ruft über die Schulter: „Tinnitus?“

Siggis Blick durch die Röhre ist mindestens so stechend wie ihrer: „Das passiert mir im Alltag nie. Nur, wenn ich ermittle.“

„Geisterjäger behaupten von sich, sie ermitteln?“, Aneska bemerkt zwar, dass Carl Erich neben ihr unruhig wird, aber das stört sie wie üblich wenig.

Siggi stapft schnell durch die Röhre und baut sich nah vor ihr auf: „Signale des Körpers sind eine wichtige Warnung! Das sollten Sie eigentlich wissen. Ist Teil der Polizeiausbildung.“

„Sie haben eine Polizeiausbildung?“

Plötzlich kann er ihr nicht mehr in die Augen sehen: „Fast.“

„Was soll das heißen, fast?“

„Ich habe sie nicht beendet.“

„Sieh an …“

Hier schaltet sich Schollmeyer ein, bevor der Streit richtig losgeht: „Wenn Sie uns jetzt bitte unsere Arbeit machen lassen? Wir stören Sie auch nicht weiter.“

Carl Erich hebt bestätigend die Hand: „Sehr gerne.“ Er zieht Aneska leicht am Arm in die eine Richtung, Schollmeyer macht dasselbe mit Siggi.

Als sie alle aus der Röhre zurück in den Kellerraum treten, gluckst Knöppler: „Ich kann euch sagen, was für Geister die da drüben finden werden."

„Ach ja?"

„Was für Leichen erwartet ihr unter einer Brauerei?" Die anderen drei gucken ihn nur skeptisch an, bleiben aber stumm. „Na, Schnapsleichen!"

Carl Erich kichert: „Oder den ein oder anderen mumifizierten Technojünger mit Ecstasy-Überdosis, nicht mehr und nicht weniger."

Aneska stöhnt leise: „Flachwitz-Alarm."

Bieler schüttelt nur entnervt den Kopf.

Offenbar hat sich Schollmeyer entschlossen, die Leitung des Gesprächs mit der Anderwelt zu übernehmen, denn nun hallt seine Stimmt laut durch die Röhre: „An alle, die hier gestorben sind…"

Aneska prustet los: „Also bitte!"

In diesem Moment schlägt eine Tür neben ihr mit voller Wucht zu. Aneska fährt zusammen und stößt einen erschrockenen Schrei aus. Vom anderen Ende der Röhre erklingen polternd Schritte und nur Sekunden später erscheint Schollmeyer in der Öffnung. Er zeigt mit dem Finger auf die Tür: „Hey, lass das!"

Aneska ist empört: „Wie reden Sie mit mir?"

„Ich rede mit dem Geist. Wer gewaltsam zu Tode kommt, dessen Seele schweift oft rastlos umher."

„Na klar…"

„Sehen Sie doch", er zeigt auf die Tür, die sich langsam

wieder öffnet.

„Hier zieht's. Das ist ein Luftzug, der die Tür bewegt", Aneska spricht wie zu einem kleinen Kind.

Schollmeyer betrachtet sie nachsichtig: „Mag sein. Das zu untersuchen sind wir hier." Inzwischen sind auch die anderen drei Geisterjäger durch den Tunnel geeilt. Er bedeutet ihnen mit einem Kopfnicken, ihre Geräte einzuschalten, dann wendet er sich wieder der Tür zu: „Bist du noch da?"

Die Tür geht langsam wieder zu und schließt sich mit einem hörbaren Klicken.

Schollmeyer nähert sich langsam der Tür, die Videokamera am ausgestreckten Arm vor sich. Er flüstert: „Mein Arm ist kalt."

„Lassen Sie mich raten", ächzt Aneska, „kein Luftzug, sondern wieder ein wichtiges Körpersignal?"

Siggi zischt sie von der Seite an: „Ihren Zynismus können Sie sich sonstwohin stecken."

Sie lächelt ihn zuckersüß an: „Und Sie hätten gerne eine Anzeige wegen Beamtenbeleidigung?"

Doch Schollmeyer winkt lächelnd ab: „Siggi, lass sie. Diese Art von Wut ist für uns konstruktiv. Der Geist ernährt sich von ihren Emotionen."

Aber eine Aneska Kralova lässt sich davon nicht beirren: „Das erinnert mich stark an Harry Potter. Verfolgen wir hier Dementoren?"

„J.K. Rowling hat die Entropien nicht erfunden. Sie hat sich nur am Allgemeinwissen bedient."

Das ruft Carl Erich auf den Plan: „Allgemeinwissen?"

Siggi blickt noch einmal verächtlich auf Aneska: „Dass sie vieles nicht weiß, ist uns inzwischen klar." Mit dem surrenden Geigerzähler in der Hand geht auf Carl Erich zu: „Ihr Partner scheint da wesentlich offener zu sein."

Siggis Unhöflichkeit perlt an Aneska ab: „Ach, der glaubt auch nicht alles, das kann ich Ihnen versichern."

Carl Erich weicht vor dem Geräusch des Geigerzählers zurück. Zu sehr erinnert es ihn an eine Tätowiermaschine.

„Wenn nur einer etwas sieht, wundert man sich", Siggi dreht sich wieder zu Aneska, „Wenn zwei Leute etwas sehen, wird es zum Indiz."

„Wenn Sie glauben, Sie könnten mich hier mit meinem eigenen Vokabular schlagen, haben Sie sich geschnitten!", höhnt diese.

„Je ängstlicher oder wütender man wird, desto stärker werden die paranormalen Aktivitäten", Schollmeyer klingt erstaunlich zufrieden, „Ihre Aggressionen sind ein wunderbares Lockmittel. Bleiben Sie also ruhig bei uns."

„Was heißt hier, bleiben Sie bei uns? SIE sind UNS hinterhergelaufen. Suchen Sie gefälligst wieder am anderen Ende der Röhre!"

In diesem Moment beginnt Gabi hektisch mit ihrer Taschenlampe zu wackeln: „Das EVP schlägt an!"

Aneska setzt an: „Verschonen Sie uns …", doch Carl Erich kann seine Neugier nicht zügeln: „EVP? Sie meinen

Electronic Voice Phenomenon?“

„Richtig, damit kann ich körperlose Stimmen hörbar machen.“

„Oh bitte!“, Aneska hat mehr als genug gehört, „Ballschuweit, lass uns in den anderen Räumen …“

Die paranormalen Ermittler reden über ihren Kopf hinweg mit Carl Erich als wäre sie gar nicht da: „Wir haben hier den neuesten State of the Art, das ist eine SBox Ghost Box Scanner mit Spirit Box. Die zeichnet Mittelwellen auf.“ Dabei hält Gabi das Gerät hoch, das aussieht wie ein unscheinbares, kleines Taschenradio mit Antenne. Carl Erich betrachtet es interessiert, während er ihrem Vortrag lauscht. „Es wandelt diese Umweltmesswerte in Worte um. Geister sind in der Lage, elektronische Frequenzen, Temperaturen und Magnetfelder in unserer Umwelt zu beeinflussen, um zu kommunizieren. Dieses Gerät verfügt über eine Wortdatenbank von mehr als zehntausend Worten, die der Geist nutzen kann, um sich mitzuteilen.“

Carl Erich nickt nachdenklich: „Ich habe schon von diesen Tonbandstimmen gelesen.“

„Genau, es handelt sich um Aufnahmen von Stimmen und Geräuschen, die nicht mit dem menschlichen Ohr zu hören sind. Sie sind erst beim Abhören der Aufnahmen zu verstehen.“

Aneska traut ihren Ohren nicht, als sie Carl Erichs nächste Frage hört: „Was kostet so etwas?“

„112 Euro.“

„WAS?“

„Bitte schreien Sie nicht."

„Ballschuweit", knurrt Aneska, doch sie wird wieder unterbrochen.

Scholle spricht beschwörend in den Raum: „Benutze unsere Energie!"

Die LEDs des Gerätes in Gabis Hand blinken mehrmals hintereinander auf. Sie drückt auf einen Knopf, um die Aufnahme abzuspielen. Eine metallisch verzerrte Stimme spricht ein einziges Wort.

Ein kalter Schauer durchfährt Carl Erich und Aneska, Gabi hingegen blickt zweifelnd auf das Gerät in ihrer Hand: „Tabu?"

„Nein, nein", Scholle tritt näher zu ihr, „Spiel's nochmal ab!"

„Tattoo", Carl Erichs Stimme klingt, als würde sie aus einem Grab kommen.

„Ja, cool", Scholle dreht sich freudig um, „Das hab' ich auch verstanden."

Gabi spielt die Aufnahme noch einmal ab. Die Geisterjäger machen Gesichter wie Kinder bei der Bescherung.

Aneska blickt unbehaglich zu ihrem Partner auf: „Dein Interesse in Ehren, aber wir haben einen Fall aufzuklären!"

„Du hast Recht. Da haben wir noch nicht gesucht", Carl Erich dreht sich um, öffnet ruckartig die Tür, die eben von alleine zuschlug, und ist im Nu vom Dunkel verschluckt.

„Ballschuweit!", Aneska stürzt ihrem Partner nach, doch der steht genau neben der Tür und schaltet jetzt das Licht im angrenzenden Raum ein. Knöppler folgt ihr. Bieler, der als letzter den Raum mit den Geisterjägern darin verlassen hat, lässt die Tür angelehnt: „Mir ist lieber, ich höre diese Typen, falls sie doch wieder hinter uns her …“ Er verstummt, als er sieht, was die drei Kollegen mit großen Augen betrachten.

9. Unter dem „Anker“ Doberaner Straße 144, Rostock, 30. April, 16:49 Uhr

„Die sind wir los“, Siggi ist erleichtert. Die beiden Frauen nicken zustimmend, nur Schollmeyer sieht weiter mit gerunzelter Stimme auf die Tür. Seine drei Mitstreiter verteilen sich bereits zwischen den Regalen im Raum.

„Lasst uns kurz alle Lampen löschen, damit wir den Raum mit UV-Licht begutachten können“, Gabis Vorschlag wird von den drei anderen Geisterjägern widerspruchslos befolgt. Dann beginnt sie wieder die Kontaktaufnahme: „An alle, die sich hier befinden. Wir möchten euch kein Leid antun. Wir möchten nur mit euch in Kontakt treten. Was meint ihr mit Tattoo?“

Sie schweigen und auch aus dem Raum nebenan kommt kein Geräusch.

„Spiel noch mal das EVP ab“, fordert Scholle flüsternd. Gabi drückt die Taste und das blecherne „Tattoo“ schallt durch den stillen, schwarzen Raum, der im violetten Licht der Schwarzlichtlampen noch dunkler wirkt.

Ein heiserer Schrei von Siggi lässt alle zusammenfahren. Sie hören, wie etwas Schweres auf den Boden fällt. Hektisch schalten alle ihre Taschenlampen wieder ein.

Die Tür zum Nebenraum fliegt krachend auf und die vier Kriminalpolizisten stürmen in den Raum, Bieler mit gezogener Waffe vornweg.

Lichtstrahlen von acht Lampen fahren wild durch die staubige Luft und alle blenden sich gegenseitig. Die Schatten der Regale huschen über alles und jeden. Schließlich treffen die Lichter auf den stöhnenden Siggi, der mit schmerzverzerrtem Gesicht gekrümmt am Boden liegt und sich mit einer Hand den Rücken hält.

Scholle kniet sich mit wehenden Haaren neben ihn: „Siggi, was ist?“

„Mein Rücken, das brennt so.“

Der Ältere zieht ihm hastig Jacke und Hemd hoch: „Einer hat dich gekratzt!“

Der Lichtstrahl, der sich kurzzeitig von nebenan über alles ergoss, wird schnell wieder schwächer, als sich das Türblatt vom eigenen Schwung wieder schließt. In diesem Moment schlägt Aneska knallend auf den Lichtschalter im Raum und im flackernden Licht der Deckenlampe sehen sie jetzt tatsächlich einen langen roten Striemen, der quer über Siggis Rücken verläuft.

„Eine körperliche Erscheinung!“, jubelt Gabi.

Aneska steht mit vor der Brust verschränkten Armen neben dem Lichtschalter und sieht verächtlich auf den sich am Boden windenden Siggi herab: „Oder er ist irgendwo hängen geblieben, ohne es zu merken.“ Siggi funkelt sie wütend an:

„DAS hätte ich gemerkt.“

„Im Stockdunkeln? Sie sehen ja nicht mal, wo sie hineintreten. Oder…“, sie grinst, „wo Sie sich hineinlegen.“

Auch Carl Erich hört man die Skepsis an: „Wie kann ein Geist denn so eine enorme Kraft haben?“

Gabi hat sich ebenfalls neben Siggi gekniet und muss ordentlich den Kopf in den Nacken legen, um zu Carl Erich aufzuschauen: „Schon mal von Poltergeistern gehört? Die schmeißen ganze Möbelstücke um.“

Siggi rappelt sich auf und zieht abrupt Hemd und Jacke wieder nach unten: „Mir reicht’s für heute. Selbst die Geister sind auf deren Seite. Ich will nach oben.“ Mit den zwei Frauen im Schlepptau verlässt er rasch den Raum.

Schollmeyer dreht sich an der Tür noch einmal zu den vier Polizisten um: „Hier ist es nicht sicher. Kommen Sie mit?“

Aneska winkt lässig ab: „Nein danke, wir werden jetzt ganz entspannt bei Licht noch etwas normal ermitteln.“

Danni, die als letzte ging, hat den Satz noch mitbekommen. „Sie halten sich wohl für besonders witzig, aber mit ihrer Skepsis und Ihrem dauernden Dazwischenfunken haben sie alles verdorben“, faucht sie aus dem Flur.

„Lass sie“, Schollmeyer hebt beruhigend eine Hand in ihre Richtung, wendet sich jedoch noch einmal an Aneska: „Die Wahrscheinlichkeit, dass es ein Leben nach dem Tod gibt, ist viel größer als die Wahrscheinlichkeit, dass es nichts danach gibt. Viele Physiker und Quantenphysiker sind jedenfalls davon überzeugt. Bitte nehmen Sie meine Warnung ernst. Was auch immer Sie hier unten finden, das sollten Sie auch hier lassen."

Knöppler tritt neben Aneska. Seine braunen Augen sind fast schwarz vor unterdrücktem Zorn: „Wollen Sie uns jetzt erklären, wie wir unsere Arbeit zu machen haben?"

„Das würde ich mir nie anmaßen, aber überlegen Sie doch mal: Warum sollten Leute, die sogenannte Lost Places besuchen, so darauf bedacht sein, nur Fußspuren zu hinterlassen und ausschließlich Fotos mitzunehmen, niemals jedoch Gegenstände von dem Ort?"

„Weil es Diebstahl ist."

„Oder weil sich sonst etwas an sie heftet und ihnen nach Hause folgt."

„Bullshit!", schnaubt Aneska.

„Das ist Ihre Meinung …", Scholles Kaumuskeln malmen.

Bieler hat die Waffe eingesteckt und wedelt nun wieder mit dem Papier: „Wir haben einen Durchsuchungsbeschluss, der uns legal bevollmächtigt, Beweisstücke zu sammeln."

Scholle beachtet ihn gar nicht, sondern flüstert mit zusammengekniffenen Augen: „Ich denke weniger an Gegenstände. Man sagt, es könne vorkommen, dass sich Energien an anwesende Lebende heften und ihnen folgen."

„Man sollte sich die Arbeit nie mit nach Hause nehmen", erwidert Aneska unbeeindruckt, „Lernt man in der Polizeiausbildung."

Scholle taxiert sie von oben bis unten, nickt dann: „Solange das Energiefeld stark ist, kann sich Ihnen keine Erscheinung anheften." Dann jedoch blickt er über ihren Kopf hinweg auf Carl Erich, der sich im Hintergrund mit gerunzelter Stirn über den Arm streicht und dabei einen abwesenden Eindruck macht: „Typischerweise wird man dann niedergeschlagen, manchmal regelrecht depressiv."

„Auf Wiedersehen!", diesmal ist es Bieler, der die Faxen dicke hat. Mit ausgestrecktem Arm weist er auf die Tür. Scholle tippt sich spöttisch mit den Fingern an eine nicht vorhandene Mütze und geht.

„Endlich", ein Seufzer der Erleichterung entfährt Aneska und auch Bieler und Knöppler sehen befreit aus. Allein Carl Erich schaut unglücklich. Aneska ahnt, was in ihm vorgeht: „Du glaubst auch alles zwischen Himmel und Erde."

Carl Erich hebt abwehrend die Hände: „Nur so lange, bis ich das Gegenteil beweisen oder den Scharlatan verhaften kann."

„Dann an die Arbeit! Wie es aussieht, haben wir Moorbekkers geheime Buchhaltung gefunden."

Die vier betreten wieder den Raum nebenan. Links und rechts an den Wänden stehen stabile Schwerlastregale aus Metall, in denen sich Reihen von Aktenordnern und Kisten abwechseln. „Frau Kralova, Sie und der Kollege Ballschuweit nehmen sich die linke Seite vor, wir die rechte", Bieler hat zu seiner alten Form zurückgefunden.

„Wie Sie wollen", Aneska ist nicht entgangen, dass das linke Regal sehr viel unordentlicher ist als das rechte. Aber auch sie will die Untersuchung jetzt einfach nur möglichst bald abschließen und wieder hoch ans Tageslicht.

Während sie sich systematisch durch die Materialien wühlen, murmelt Knöppler: „Wieso sollte Doktor Moorbekker seine Sachen in diesen Keller bringen?"

„Entweder weil er oben keinen Platz mehr hatte“, entgegnet Carl Erich, „oder weil das hier nicht für die Öffentlichkeit zugänglich ist.“

„Und jeder Dahergelaufene kriegt den Schlüssel dazu?“, Bieler stutzt, steckt den Ordner zurück ins Regal, in dem er gerade blätterte und tritt an die Tür, „Frau Kralova, geben Sie mir doch bitte mal die Schlüssel.“ Er nimmt das kleine Schlüsselbund des Hausbesitzers, dass aus zwei Kellerschlüsseln besteht, und sieht sich den einen Schlüssel kurz an, bevor er ihn in die Tür des Kellerraumes steckt: „Passt.“

Aneska zuckt die Schultern: „Dann muss Moorbekker bei seinem letzten Besuch hier unten vergessen haben, abzuschließen, sonst hätte die Tür ja vorhin nicht einfach auffliegen können.“

„Es gäbe da noch eine andere Erklärung, aber die willst du sicher nicht hören“, lässt sich Carl Erich vernehmen.

„Richtig, die will ich nicht hören.“

Knöppler durchblättert währenddessen kopfschüttelnd einen Aktendeckel: „Das passt doch vorn und hinten nicht. Also ich weiß nicht, was ihr da drüben findet, aber das hier sind uralte Patientenakten. Mehr als zehn Jahre alt. Wieso hat er die überhaupt noch?“ Darauf kann keiner der drei anderen etwas erwidern und so blättern und suchen sie weiter. Bieler kommentiert fast jedes Stück, das er aus dem Regal zieht, aber die anderen hören kaum noch hin.

Carl Erich öffnet den nächsten Karton und zieht scharf die Luft durch die Zähne. Aneska, die eben noch das unterste Regalbrett durchsuchte, schießt sofort in die Höhe und blickt neugierig in den hohen Karton, an dessen Boden sie nun eine kleine Kiste ausmacht, auf deren Deckel ein Baum mit vier Ästen aufgemalt ist. Die gesamte Kiste ist über und über mit weißem Kerzenwachs versiegelt. Wortlos blicken sie sich an, doch beide haben das Motiv sofort wiedererkannt: Moorbekkers Tattoo.

Carl Erich greift vorsichtig in den Karton und Aneska erwartet, dass er die kleine Kiste heraushebt, doch er zieht langsam ein Stück Pappe darunter hervor und flüstert: „Das sieht aus wie der Aktendeckel, den Moorbekker auf dem Video meiner Sitzung auf dem Schreibtisch hatte.“

Aneska blickt rasch über die Schulter und stellt zu ihrer Erleichterung fest, dass Bieler und Knöppler sich auch gerade angeregt über ein Fundstück unterhalten. Dennoch stellt sie sich eng neben ihren Kollegen und flüstert tonlos: „Wieso ist der hier unten, wenn alles andere alte Akten sind?“

Carl Erich zuckt die Schultern: „Keine Ahnung. Aber hier ist der Vertrag, den ich unterschrieben habe. Was ist das?“, er schiebt die Papiere zur Seite, „Ein Schreibblock mit leeren Seiten? Moment, da hat sich etwas durchgedrückt. Halt mal!“ Er drückt Aneska den Pappdeckel in die Hand und fängt an, in seinen Jackentaschen zu kramen: „Ich hatte doch ... Ja, hier!“ Er zieht einen kleinen Bleistift heraus, wie man ihn in schwedischen Möbelhäusern gratis bekommt, und beginnt, sachte über das Papier zu reiben. Nach und nach erscheinen weiße Buchstaben auf grauem Hintergrund. Bestürzt liest er leise Wort für Wort vor, während er sich über das Papier arbeitet: „Nitzlandt, Isabelle. Kardiophobie. Sri Mayurapathy Murugan-Tempel, Berlin.“

Carl Erich beginnt zu zittern als er hört, wie Aneska neben ihm leise summt: „Berlin, Berlin, wir fahren nach Berlin.“

Mit zitternden Fingern legt Carl Erich seinen Aktendeckel auf die kleine Box und verdeckt sie damit vor den Blicken von Knöppler und Bieler. Aneska greift sich aufs Geradewohl einen Arm voll Aktendeckel vom Anfang des Regals und legt sie darauf. Dann dreht sie sich mit dem Karton in der Hand zu den Rostocker Kollegen um: „Das Regal hier enthält offenbar die aktuelleren Fälle. Ich hab jetzt mal die aus dem letzten Jahr mitgenommen, okay?“

Bieler wirft einen Blick auf den Karton, hebt den Deckel noch einmal ab und linst hinein: „Puh, das sind ja schon so einige. Die müssen wir dann alle katalogisieren.“

„Aber nicht hier“, Aneska schiebt sich an ihm vorbei zu Tür, „Wenn die Herren bitte das Licht ausmachen würden?“

10. Praxis Moorbekker, Doberaner Straße 144, Rostock, 18:03 Uhr

Wieder oben in Moorbekkers Wohnung stellt sie den Karton auf den Schreibtisch und dreht sich zu den Männern um. Sie deutet auf die Geheimtür in der Regalwand: „Die ganz aktuellen Fälle wird er wohl da hinten haben.“

„Ja, leider“, seufzt Bieler. Knöppler verabschiedet sich in die Küche, um die Cannabisvorräte aus dem Küchenschrank einzutüten, während Bieler sich mit grimmigem Gesicht anschickt, die Patientenakten aus dem Geheimzimmer zu holen.

„Tja, damit sind wir wohl hier überflüssig und überhaupt ist höchste Zeit, Feierabend zu machen“, Aneska tritt an die Tür zum Geheimzimmer und reicht dem Rostocker Kollegen ihre Visitenkarte hindurch, „Falls noch Fragen sind. Wir fahren dann zurück in unser Revier. Sie machen den Rest hier wahrscheinlich lieber ohne uns.“ Carl Erich kann die halblaut gemurmelte Antwort Bielers nicht verstehen, aber Aneskas zufriedener Gesichtsausdruck spricht Bände.

Auf dem Parkplatz stellen beide fest, dass sie ein Knöllchen hinter den Scheibenwischern klemmen haben: „Scheiß-Parkraumbewirtschaftung!“

Carl Erich steigt in sein Auto und zieht unter seiner Jacke den Aktendeckel und die kleine Holzkiste hervor, um sie im Handschuhfach zu verstauen. In diesem Moment reißt Aneska die Fahrertür wieder auf: „Also, dass du deinen Aktendeckel mitnimmst habe ich mir ja schon gedacht, aber was willst du mit der Kiste?“

„Die hat hundert Pro was mit Moorbekkers Fall zu tun“, er schluckt, „Und mit meinem. Ich hoffe nur, dass dieser Herr Schollmeyer nicht Recht hat und mir jetzt keine Entropie folgt, weil ich die mitgenommen habe.“

„Ballschuweit, jetzt mach aber mal halblang! Das glaubst du doch wohl selbst nicht“, Aneska regt sich immer mehr auf, „Was für Freaks! Machen mir meinen Partner völlig irre.“

Aber in diesem Moment spricht Carl Erich aus, was ihm schon die ganze Zeit im Kopf herumspukt: „Und wenn das Moorbekkers Geist war, der vorhin das Wort Tattoo gesprochen hat?“

„Der Mann ist gerade erst oben im ersten Stock gestorben und sein Geist spukt sofort unten im Keller? Ballschuweit, ich bitte dich!“

„Mhm, klingt irgendwie einleuchtend“, Carl Erich wirkt zumindest etwas getröstet, „Aber trotzdem, die Suche nach paranormalen Phänomenen gibt es schon lange.“

„Fang jetzt nicht damit an!“

„Nein, nein, ich sage nur, dass es das schon seit den siebziger Jahren gibt.“

„Oh Wahnsinn, endlich mal etwas, das nur aus dem letzten Jahrhundert kommt und nicht aus dem vorvorletzten.“

„Naja, die Menschen beschäftigen sich schon seit Jahrhunderten mit dem Thema Geister“, nach einem Blick auf ihr Gesicht, beeilt sich Carl Erich seine Kollegin zu beschwichtigen, „Aber keine Sorge, in all der Zeit ist es noch keinem gelungen, wissenschaftlich überprüfbare und vor allem reproduzierbare Beweise vorzulegen.“

Jetzt ist es an Aneska, erleichtert dreinzuschauen: „Danke, Ballschuweit, für solche Auskünfte könnte ich dich küssen.“

„Igitt!“

„Hey, du wirst mich auch gleich knutschen.“

„Wieso sollte ich das tun?“

Sie greift in die Jackentasche, zieht die DVD mit seinem Namen darauf heraus und dreht sie lässig zwischen den Fingern: „Vergiss nie, du bist nicht der einzige Kleptomane hier.“

„Ich hab‘ doch gesagt, ich will die nicht! Wenn der Chef das spitzkriegt …“

„Zerbrich dir darüber jetzt nicht dein hübsches, blondes Köpfchen. Ich verspreche dir, wenn wir mehr wissen, sagen wir ihm sofort Bescheid und beichten alles. Bis dahin haben wir immerhin nicht mehr Bieler und Knöppler auf dem Hals“, gurrt sie, „Wobei, letzteren hättest du wahrscheinlich ganz gerne am Hals, oder? Der ist doch genau dein Beuteschema: Sportlich-knackig, braune Rehaugen, ausrasierter Nacken…“

„Unter normalen Umständen schon“, Carl Erich kann sich ein kleines Grinsen nicht verkneifen, „Aber was ist bei mir zurzeit schon normal?“

„Also in meinen Augen bist du der netteste Anormale, den ich kenne.“

„Jetzt wird mir schlecht! Seit wann raspelt meine Krawallowa Süßholz?“

„Lass uns fahren!“, lachend schließt Aneska seine Tür und steigt in ihren MINI.

Sie sind gerade aus Rostock heraus und fahren flott auf der Landstraße, als Aneskas Handy klingelt. Die Melodie von „Pirates of the Caribbean“ plärrt durchs Auto, die hat sie für Carl Erich gewählt. Seine Stimme klingt blechern durch die Freisprecheinrichtung: „Du, ich hab nachgedacht. Dir ist doch aufgefallen, dass Moorbekker immer wieder polnische Wörter benutzt.“

„Ja, und?“

„Warum redet Moorbekker eigentlich so viel Polnisch und du so wenig?“

Die Frage überrascht sie so, dass sie spontan antwortet: „Nach dem Tod meiner Mutter ist mein Vater mit mir und meiner Schwester nach Deutschland gezogen und hat von Stund an kaum noch Polnisch gesprochen. Ich verstehe es auch besser als ich selber spreche.“ - „Oh, okay“, kommt es aus dem Lautsprecher. Aneska blinzelt heftig, denn die Sonne legt unpassenderweise in diesem Augenblick einen strahlenden Auftritt auf die nasse Fahrbahn. „Dann werde ich auf dem Revier gleich mal checken, woher Moorbekker stammt.“ – „Tu das“, Aneska setzt die Scheibenwischer in Gang, denn sie kann durch die schlierige Scheibe kaum sehen, „Und überleg dir schon mal, was wir morgen dem Chef sagen, weshalb wir nach Berlin wollen.“ - „Ojemine.“

„Kannst ja nochmal drüber schlafen. Ach übrigens, Ballschuweit, heute Abend wird geduscht, klar?!“, sie wartet seine Entgegnung nicht ab, sondern beendet einfach das Gespräch.

11. Altstadt Schwerin, 30. April, 19:25 Uhr

„Hey, Carl Erich! Was ist denn mit deinem Arm los?“

Carl Erich blickt erschrocken hoch und sieht vor sich seinen Kollegen Niko, ein paar Einkaufstüten im Arm und einen besorgten Ausdruck im Gesicht. Der Regen hat sich verzogen und im Abendlicht stehen sie sich in der Schweriner Paulsstadt gegenüber. Die feuchtwarme Luft ist drückend.

„Sorry, ich hab’ heute schon auf Revier gesehen, dass du dir immer wieder den Arm reibst. Und jetzt rennst du an mir vorbei, ohne mich zu sehen. Muskelkater vom Schießtraining, oder was?“, Niko grinst.

Carl Erich kann Niko gut leiden und weiß, dass der selbst

tätowiert ist: „Nein, schön wär's. Ich habe ein Tattoo. Noch ziemlich frisch, und es tut verdammt weh."

Niko nickt wissend: „Ah ja, das kann am Anfang sein. Zeig doch mal. Wie lange hast du's schon?"

„Zwei Wochen", Carl Erich zieht den Arm vorsichtig aus der Jacke, schiebt den Ärmel des T-Shirts hoch und entblößt widerwillig das Tattoo auf seinem rechten Oberarm.

Niko zieht scharf die Luft durch die Zähne: „Autsch, das sieht wirklich bös aus. Hast du's nicht eingecremt?"

„Doch, doch", lügt Carl Erich reflexartig und überlegt dann, ob er Niko nicht doch ins Vertrauen ziehen kann, entscheidet sich letztlich aber dagegen. So eng sind sie nun doch nicht: „Ich möchte es eigentlich wieder loswerden."

„Echt?", Niko schaut ihn mit großen Augen an: „Aber das Motiv sieht doch gut aus. Passt auch irgendwie zu dir."

„Nein, das war ein schrecklicher Fehler."

„Tja, dann bist du hier schon richtig", Niko deutet mit dem Kopf auf das nächste Haus: „Da drüben entfernen sie Tattoos mit Laser. Du hast Glück, das ist der einzige Laden in Schwerin, der bis acht aufhat. Meine Ex ist da auch immer nach der Arbeit hin und das Ergebnis war echt gut."

„Sie war zufrieden? Ich habe den Laden im Internet gefunden und dachte mir, ich versuch's mal. Aber eine konkrete Empfehlung ist natürlich noch besser. Brauchen die wirklich bis zu sechs Behandlungen?"

„Kommt drauf an, wie viel Farbpigmente in der Haut sind, die sie mit dem Laser zertrümmern müssen. Bei dir ist's ziemlich viel Schwarz. Da wird's wohl etwas dauern."

„Verdammt", vorsichtig fädelt Carl Erich seinen Arm wieder in den Jackenärmel. Er seufzt: „Ich kann mich ja wenigstens mal beraten lassen."

„Eben", Niko rückt die Einkaufstüten auf seinem Arm zurecht, „Und es wird wirklich jedes Mal heller. Bei meiner Freundin war's nach vier Sitzungen weg. Vielleicht hast du ja Glück."

„Glück kann ich brauchen."

„Das ist echt unfair. Ich hab' auch ein Tattoo auf dem Oberarm und es hat kaum weh getan beim Stechen", Niko zögert kurz, „Äh, ich will dir jetzt nicht die Hoffnung nehmen, aber manchmal ist die Entfernung schmerzhafter als das Stechen selbst. War das Stechen schon unangenehm für dich?"

Carl Erich will gerade mit den Schultern zucken, hält aber mitten in der Bewegung inne: „Weiß nicht."

„Ach, du hast also schon Erfahrung?"

„Kann man jetzt nicht direkt so sagen."

„Ist ja auch egal. Du, ich muss dann mal weiter. Ich drück dir die Daumen", trotz der schweren Tüten bekommt Niko noch ein Daumen-hoch-Zeichen hin, dann läuft er rasch weiter.

Carl Erich hebt grüßend den linken Arm, seufzt, dann geht er langsam auf das Kosmetikstudio zu.

Eine perfekt geschminkte Dame mit perfekt sitzender Lockenmähne und schiefen Zähnen lächelt ihm vom Empfangstresen zu: „Was kann ich für dich tun?"

Carl Erich schluckt seine Irritation herunter: „Ich möchte ein

Tattoo entfernen lassen."

„Oh, das trifft sich gut."

„Bitte?"

„Oskar ist gerade frei. Behandlungsraum Drei. Durch den Flur, die zweite Tür links."

Carl Erich dankt mit einem knappen Nicken und findet sich keine zwei Minuten später halbnackt auf einer Kosmetikliege wieder.

Oskar mit dem schwarzen Hippster-Bart ist ratlos: „Wo sagten Sie, haben Sie das stechen lassen?"

„In Polen." – „Merkwürdig." – „Warum?"

„Ich habe noch nie so schwache Farben gesehen, die aber so tief in den Hautschichten eingebracht sind und derartige Entzündungen hervorrufen."

Carl Erich brummt nur.

„Haben Sie das Tattoo gepflegt?", Oskar sieht ihn ernst an.

„Nicht wirklich", Carl Erich windet sich etwas auf der Liege, „Ich hab's ja von Anfang an nicht ... gemocht."

Jetzt schürzt Oskar entrüstet die wulstigen Lippen: „Hat man Ihnen denn nicht gesagt, wie man das pflegen muss?"

„Nein." – „Unverantwortlich!"

Carl Erich verliert langsam aber sicher die Geduld: „Ich will's einfach nur loswerden!"

„Tja, da liegt der Hase im Pfeffer." - „Warum?"

„Ihre Haut ist dermaßen entzündet und nach den Schmerzen,

die sie schildern, sind wohl auch Nervenbahnen betroffen", Oskar zögert kurz, „Also ohne ärztliche Kontrolle …"

Carl Erich schnellt hoch: „Ich geh' zu keinem Arzt!"

Wenige Minuten später steht er wieder auf der Straße. In seiner Hand hält er einen kleinen Tiegel mit Salbe. Mit gerunzelten Brauen dreht Carl Erich das weiße Glasgefäß in seiner Hand, dann holt er aus und knallt den Tiegel mit voller Kraft auf den Bordstein, dass Scherben und Salbe in alle Richtungen spritzen.

12. Polizeiinspektion Schwerin, Graf-Yorck-Straße 6, 1. Mai, 08:56 Uhr

Eine graue Wolkendecke spannt sich über dem modernen roten Backsteingebäude der Polizeiinspektion Schwerin. Drinnen sitzen sich Carl Erich und Aneska an ihren Schreibtischen gegenüber und versuchen, mehr über Doktor Moorbekker und Isabelle Nitzlandt herauszufinden. Heißer Kaffee dampft in ihren Tassen und ein frisch geduschter Carl Erich hat eine große Tüte mit Franzbrötchen mitgebracht. Aneska nimmt das Friedensangebot an, macht sich aber Sorgen wegen seiner dunklen Augenringe, die in dem jetzt wieder rasierten Gesicht noch deutlicher auffallen.

„Moorbekker hatte keine Vorstrafen", so viel kann Carl Erich auf die Schnelle herausfinden. Dann stiert er kauend eine ganze Weile auf seinen PC und krümelt seinen Schreibtisch voll: „Hmpf." Aneska guckt hoch: „Bitte?"

„Bei Moorbekker war Polen Vaterland. Seine Mutter kam aus Rostock. Beide sind schon vor einigen Jahren verstorben. Die können wir also nicht mehr befragen“, er schiebt sich den letzten Rest des Brötchens in den Mund und schlürft geräuschvoll Kaffee hinterher. Aneska verzieht angewidert das Gesicht, aber sie hat auch etwas gefunden: „Isabelle Nitzlandt ist in Berlin-Neukölln gemeldet. Auch keine Vorstrafen. So weit so unauffällig. Geht aber den ganzen Morgen nicht an ihr Telefon.“ Sie beißt ebenfalls von ihrem Brötchen ab, kaut aber erst runter, bevor sie laut nachdenkt: „Auf dem Schreibblock war notiert, dass sie an Kardiophobie leidet. Ob sie wohl auch eine Tätowierung hat?“

Wie aus der Pistole geschossen kommt es vom Schreibtisch gegenüber: „Auf der Brust.“

„Woher weißt du das?“

„Kardiophobie ist die Angst vorm Herzinfarkt.“

„Autsch.“

„Meinst du jetzt die Tätowierung oder den Infarkt?“

„Irgendwie beides.“

„Hast Recht. Ich hab‘ das schon recherchiert. Ein Brust-Tattoo ist nur mäßig schmerzhaft, aber bei Frauen jedoch etwas mehr als bei Männern. Allgemein sagt man, je näher die Nadel Richtung Brustbein oder Dekolleté sticht, desto unangenehmer wird’s.“

Aneska nimmt kopfschüttelnd das Telefon zur Hand und drückt auf Wahlwiederholung. Schweigend beobachtet Carl Erich seine Kollegin, wobei er das letzte Franzbrötchen verschlingt. Mit einem Kopfschütteln legt sie auf: „Geht immer noch keiner ran."

In einem Nachbarbüro setzt in diesem Moment ein Faxgerät ein. Das Surren beschert Carl Erich eine Gänsehaut, denn es klingt fast wie ein Tätowiergerät. Er schüttelt sich: „Ich will noch nachforschen, ob Moorbekker wegen seiner Phobie bei jemandem in Behandlung war."

„Das wird schwierig rauszukriegen", Aneska schiebt die Unterlippe vor, „Verdammte ärztliche Schweigepflicht."

„Wem sagst du das."

Aber Aneska erschüttert das wenig: „Die Kollegen sollen trotzdem versuchen, etwas herauszufinden. Wir fahren nach Berlin."

„Hattest du letzte Nacht eine göttliche Eingebung, wie wir das dem Chef klarmachen? Also ich nicht. Berlin ist nicht unser Revier. Und wie wir erst gestern erfahren durften, mögen Kollegen es nicht, wenn man einfach über ihre Reviergrenzen trampelt. Außerdem haben die heute traditionell ganz andere Sorgen. Erster Mai in Berlin, da steppt der Bär."

Aneskas eben noch düstere Miene erhellt sich, „Vielleicht ist das unsere Chance!"

„Du sprichst in Rätseln."

„Die haben sicher weder Zeit noch Lust, uns in einen Tempel zu begleiten, wenn sie alle Leute für die Demos brauchen."

„Wohl wahr. Aber was sollen wir in dem Tempel? Vielleicht war Isabelle nur ein einziges Mal dort, so wie ich in Swinemünde am Leuchtturm."

Aneska nimmt mit gerunzelter Stirn einen Schluck Kaffee, setzt dann die Tasse entschlossen ab: „Es hilft nichts, Ballschuweit, wir müssen dem Chef heute schon reinen Wein einschenken, wenn wir weiter nachforschen wollen. Und ich glaube, du willst da auch hin, auch wenn du jetzt einen auf skeptisch machst. Zur Not müssen wir uns unbezahlten Urlaub nehmen."

„Wie rein soll der Wein denn sein?", Carl Erich sieht sie über den Tisch hinweg sehr ernst an, „Aneska, was genau, willst du ihm sagen?"

Wenige Minuten später sprechen die beiden bei ihrem Chef vor. Sie erzählen, was ihnen in der Gerichtsmedizin aufgefallen ist, und was sie in Moorbekkers Wohnung sowie dem Kellergewölbe erlebt und gefunden haben. Anschließend hält Aneska das Bild vom Tattoo auf Moorbekkers Hals hoch und Carl Erich zeigt die kleine Kiste mit dem gleichen Bild. Über den Namen Isabelle Nitzlandt, sagt Aneska schlicht, seien sie in Moorbekkers Akten gestolpert. Schließlich zeigt Carl Erich dem Chef sogar nochmals seine Tätowierung und spricht davon, dass er Frau Nitzlandt gerne fragen würde, ob ihre Tätowierung auch solche Schmerzen bereitet. Auf den berechtigten Einwurf ihres Chefs, das könne man doch auch am Telefon erfragen, weist Aneska darauf hin, dass sie sie bisher nicht erreichen konnte. Als Carl Erich sich dann auch noch in ausschweifenden Erklärungen über die Bedeutung des Berliner Tempels ergeht, der offenbar eine ähnliche Wichtigkeit für Frau Nitzlandt habe wie der polnische Leuchtturm für ihn, hat ihr Chef genug und bewilligt den Rest des Tages als unbezahlten Urlaub. Er stellt nur die Bedingung, dass beide morgen früh wieder topfit auf der Matte stünden und bereit für andere Fälle seien. Aneska bemerkt aus dem Augenwinkel, dass Carl Erich hinter dem

Rücken die Finger kreuzt, als er dem Chef „Ja, sicher" antwortet.

13. Auf der A24, 1. Mai, 10:10 Uhr

Die zweieinhalb Stunden Fahrt nach Berlin sind eine Tortur für Carl Erich. Der Schmerz quält ihn trotz der Tabletten, die er kurz vor Antritt der Fahrt noch geschluckt hat: „Was mache ich hier eigentlich? Berlin ist eine riesige Stadt und wir fahren zu einem Tempel, ohne zu wissen, auf wen wir da treffen. Höchstwahrscheinlich auf niemanden. Alles vergebene Liebesmüh."

So verzweifelt kennt Aneska ihn gar nicht und sie arbeiten ja immerhin schon seit einem guten Dreivierteljahr zusammen: „Das ist doch nicht normal, dass eine Tätowierung so lange weh tut. Und so stark."

Carl Erich fährt die Rückenlehne seines Sitzes herunter, um es sich etwas bequemer zu machen: „Das kannst du laut sagen." Dann sagt er selber etwas laut, das er sich bisher nicht auszusprechen traute: „Ich glaube, Moorbekker litt auch unter solchen Schmerzen. Von seiner Tätowierung."

Aneska ist skeptisch: „Findest du das nicht ein bisschen weit hergeholt?"

„Kennst du den Ausdruck, wahnsinnig werden vor Schmerz?", feuert ihr Partner zurück.

„Ja, aber Wahnsinn und Mord sind zwei völlig verschiedene Dinge. Du bist doch sonst so pingelig, wenn es um die richtigen Begrifflichkeiten geht."

„Genau das ist ja mein Problem. Ich weiß nicht, wie ich es in Worte fassen soll."

„Und das von einem Lexikon auf Beinen!"

„Eben, und es macht mich ... wahnsinnig", er rauft sich die Haare, „Stell dir vor, du hast Schmerzen. Zum Beispiel Zahnschmerzen oder Ohrenschmerzen. Die sind ja nun so ziemlich das unangenehmste, was es gibt."

„Okay."

„Und nun stell dir vor, du hast diese Schmerzen Tag und Nacht."

„Brrr", Aneska schüttelt sich.

„Kein Schmerzmittel hilft. Nichts bringt wirklich Erleichterung. Ich will dieses verdammte Ding einfach nur loswerden."

Aneska schweigt lange, dann seufzt sie: „Ich glaube, ich fange langsam an, dich zu verstehen."

In diesem Moment klingelt ihr Handy. Es ist Klaudia Pfaff, die Sekretärin aus der Rechtsmedizin: „Grüß dich, Aneska, du ich wollte dir nur mal kurz was durchgeben. Sie haben Cannabis und Schmerzmittel in Moorbekkers Blut gefunden."

„Siehst du, Moorbekker hatte auch Schmerzen!", tönt es vom Beifahrersitz.

„Ach, der Herr Kollege ist auch da?", Frau Pfaff erinnert sich hörbar.

„Danke Klaudia, das bestätigt einige unserer Vermutungen.

Bis dann“, Aneska beendet das Gespräch und wendet sich wieder ihrem Kollegen zu, der mit geschlossenen Augen im Sitz hängt.

„Okay, du hattest Recht. Sag mal, ist dir eigentlich die Tätowierung an seinem Hals nicht aufgefallen, als du bei ihm warst?“

Carl Erich öffnet verdutzt die Augen, blickt einen Moment schweigend zum Autohimmel empor, dann schüttelt er den Kopf: „Nein.“

„Aber die muss doch aus dem Hemd herausgeschaut haben.“

„Ich kann mich beim besten Willen nicht daran erinnern.“

„Wie kann das sein? Doktor Loewe hat gesagt, Moorbekker hatte die schon länger.“

Plötzlich schlägt Carl Erich ruckartig mit dem Kopf nach hinten an seine Kopfstütze: „Ich Esel!“

„Ih ah?“

Carl Erich dreht den Kopf und sieht sie zutiefst mitleidig an: „Der hat’s so gemacht wie ich in Prerow.“

„Hä?“

„Als du mir das Veilchen gehauen hast.“

„Ah!“, Aneska versteht, „Er hat’s überschminkt.“

„Hundert Pro, auch wenn ich mir vorstelle, dass es extrem unangenehm gewesen sein muss, Makeup darauf zu streichen. Jede Berührung brennt wie die Hölle.“

„Er wollte wohl professionell wirken.“

„Hat er ja auch."

Die Wolken sind heute noch dunkler und hängen scheinbar noch tiefer über der Erde. Während der gesamten Fahrt erwartet Aneska, dass jeden Moment ein Gewitter losbricht. Doch es bleibt trocken und sie kommen gut voran.

Irgendwann bricht Carl Erich das Schweigen wieder: „Und das alles nur wegen meiner Scheiß-Angst vor Waffen."

„Du warst verzweifelt. Da klammert man sich an jeden Strohhalm."

„Und was hat's mir gebracht? Ich kann nicht mal eine Waffe in die Hand nehmen, wenn ich's müsste. Selbst diese leichte Jacke hier fühlt sich an wie Schmirgelpapier, wenn ich nicht einen dicken Verband drunter trage."

Aneska räuspert sich: „Aber du bist nicht der einzige Mensch auf der Welt, der unter einer Phobie leidet."

„Das Wissen hilft mir jetzt verdammt wenig."

„Ich habe auch eine."

„Eine richtige Phobie?"

„Nein, Ballschuweit, eine Zahnzusatzversicherung!"

„Du hast Angst vorm Zahnarzt?"

„NEIN!", schnauzt Aneska und sieht ihn dermaßen böse von der Seite an, dass Carl Erich befürchtet, sie würde ihm gleich auf dem Seitenstreifen sämtliche Zähne ohne Betäubung ziehen.

Nach einer Weile beruhigt sich ihre Atmung wieder: „Du warst auch schon mal sensibler."

Carl Erich seufzt: „Ich weiß. Tut mir leid.“

„Ich will dir hier von meiner Angst erzählen und du machst blöde Witze.“

Carl Erich schweigt und Aneska mit ihm. Nach einer Weile gibt sie sich einen Ruck: „Meine Schwester Kasia ist zum dritten Mal schwanger und völlig aus dem Häuschen vor Glück.“

„Glückwunsch.“

„Naja, für sie mag das toll sein. Aber bei mir kommt dann immer dieses Gefühl hoch. Wie ... Panik“, Aneska ringt um Worte. „Wenn ich auch schwanger werde ... und irgendwann will ich das schon ... aber was, wenn ich das Kind verliere? Überhaupt, dieser Gedanke, neun Monate nicht alleine meinem Körper zu sein ... diese Bewegungen in mir. Ich kriege schon eine Gänsehaut, wenn ich nur dran denke. Und schlecht wird mir. Kotzübel.“

„Wolltest du deswegen zu Moorbekker?“

„Ja, im Vorgespräch hatte er sogar schon die lateinischen Fachbegriffe genannt. Abortphobie, konnte ich mir merken. Das ist das Problem mit der Fehlgeburt. Er meinte, das sei gar nicht so selten. Aber das andere Wort fällt mir nicht mehr ein.“

Zum ersten Mal freut sie sich, als sie merkt, dass Carl Erich sein Handy zückt. Sie weiß, wonach er sucht. Kurz darauf hört sie es auch: „Gravidophobie. Das nennt sich Gravidophobie. Schreckliches Wort.“

Sie schweigen wieder einige Augenblicke.

„Aneska“, lässt sich Carl Erich leise vernehmen, „flipp jetzt bitte nicht gleich aus, aber ich habe in deiner Akte gesehen, dass deine Mutter kurz nach deiner Geburt starb. Das könnte der Auslöser sein."

Aneska sieht mit versteinerter Miene nach vorn. Sie ist froh, dass Moorbekker sie noch nicht behandelt hat. Und da ist noch mehr: „Verdammt, wenn ich an Moorbekker denke, muss ich auch wieder an diese Geisterjäger-Freaks denken."

„Dann denk einfach nicht mehr an die. Mach ich auch nicht."

„Okay, jetzt also Berlin."

Aber Carl Erich tut bereits wieder das, was er als Beifahrer am liebsten macht. Er googelt und liest alles vor, was er findet: „Du kannst froh sein, dass es nur nach Berlin geht, denn es gibt nur wenige Hindu-Tempel auf der nördlichen Welthalbkugel. Nachdem sich viele Tamilen aus Sri Lanka als Bürgerkriegsflüchtlinge in europäischen Ländern niedergelassen haben, sind auch dort in den letzten Jahren vermehrt Murugan-Tempel entstanden. Im deutschsprachigen Raum wären der in Berlin, dann der Sri-Kathirvelauthaswamy-Tempel in Essen oder auch der Sri-Sivasubramaniar-Tempel in Adliswil bei Zürich. Eine weitere Besonderheit des Berliner Tempels ist, dass er als einziger und erster Tempel in ganz Europa ausnahmslos sechs Poojas täglich veranstaltet."

Aneska: „Ja, mein kleiner Klugscheißer. Apropos - als du vorhin nochmal auf dem Klo warst, habe ich übrigens dort angerufen. Ein Mitarbeiter des Tempels erwartet uns."

Carl Erich hat offenbar nur mit halbem Ohr zugehört: „Oh, gut. Wusstest du schon, dass Murugan unter den tamilischen Hindus zu den populärsten Gottheiten zählt? Er ist ein Sohn

Shivas, des Zerstörers. Aber Murugan ist ein Beschützergott, der gegen böse Kräfte kämpft und Furcht vertreibt. Er kann aber auch Besessenheit verursachen." Aneska beißt sich auf die Zunge. Solange ihr Kollege dozieren kann, scheint er nicht an die Schmerzen in seinem Arm zu denken. Und er macht fleißig weiter: „Der Hinduismus ist mit rund einer Milliarde Anhängern und einem Anteil von zirka 15 Prozent der Weltbevölkerung nach dem Christentum und dem Islam die drittgrößte Religionsgruppe der Erde …"

Bei dem Gedanken an die vielen noch ausstehenden Kilometer Fahrt, auf denen er ihr die Ohren vollsülzen wird, entfährt ihr ein Stoßgebet: „Himmel, hast du keine Flinte?"

„Da musst du Shiva anrufen."

„Hast du seine Nummer?"

Carl Erich schweigt beleidigt. Sie weiß, dass dieses Glück nicht von Dauer ist.

14. Blaschkoallee 48, Berlin, 1. Mai, 11:21 Uhr

Während sie durch Berlin-Neukölln fahren, rattert Carl Erich gerade die wichtigsten Götter und Göttinnen des Hinduismus herunter: „Da ist Brahma, der Erschaffer der Welt, dann Ganesha, Rama, Krishna, Saraswati, Lakshmi, Durga Devi, Indra…" – „STOPP!"

„Aber das waren doch erst …"

Aneska ist auf hundertachtzig: „Weißt du, wie egal mir das ist? Soll ich es dir mal plastisch beschreiben? Wenn du etwas hast, was konstruktiv zur Lösung dieses Falles beiträgt, kannst du das gern äußern, aber sonst …!“

„Was bist du denn so aggressiv?“

„Hilf mir lieber, einen Parkplatz zu suchen! Verdammt, ist das voll hier. Haben die alle kein Zuhause?“

Eine nicht enden wollende Wagenkolonne bewegt sich in beide Richtungen die Blaschkoallee herunter. Erst knapp hundertfünfzig Meter weiter finden sie einen Parkplatz.

Aneska legt für einen Moment die Stirn aufs Lenkrad, als ihr Partner den Wagen verlässt, schließt die Augen und genießt zwei Atemzüge lang die Ruhe. Da klopft es energisch an ihrem Fenster. Sie schrickt hoch und sieht Carl Erich an der Fahrerseite stehen. Unwillig öffnet sie die Tür: „Was?“

„Machst du da ein Nickerchen?“

„Ballschuweit, weißt du, was du mich mal …?“

„Erspare mir die Details. Wie hieß nochmal der Mann, mit dem wir uns hier treffen sollten?“

„Jaspal Rajakumar“, Aneska steigt aus, schließt das Auto ab und zückt im Laufen ihr Handy. Bereits nach wenigen Sekunden wird abgenommen. Aneska meldet sich: „Herr Rajakumar? Kralova hier, wir sind jetzt gleich am Tempel ... oh ... okay.“ Sie wendet sich an Carl Erich: „Er steckt im Stau.“ Sie lauscht in den Hörer, wo sich der Mann offensichtlich wortreich entschuldigt. Carl Erich tippt sie an: „Frag ihn mal, ob er Isabelle Nitzlandt kennt!“

„Moment mal, Herr Rajakumar, mein Kollege hat eine Frage, ich stelle mal laut“, sie stellt um auf Freisprechen.

Carl Erich wiederholt seine Frage und sie erhalten eine

überraschende Antwort: „Isabelle? Die kenne ich. Sie ist sehr oft da. Wenn sie vor dem Tempel sind, müssten Sie eigentlich an ihr vorbeikommen. Sie wartet immer im Garten auf ihren Partner.“

„Partner?“

„Naja, jedenfalls kommen sie immer zusammen rein. Er betet und auch sie kauft immer Opfergaben.“

„Öh, danke für die Auskunft.“

Und tatsächlich, als sie am Tempel angekommen sind und gerade durch das Tor auf den Vorplatz treten, sehen sie eine rothaarige Frau mit sehr weißer Haut aus einem Seitengebäude herauskommen, das den Schildern nach die Toiletten beherbergt. Die Blässe ihrer Haut wird durch ihre schwarze Kleidung noch betont. Über der Schulter trägt sie jedoch eine knallorangefarbene Handtasche.

Carl Erich spricht sie freundlich an: „Frau Nitzlandt?“

„Ja“, sie betrachtet die beiden misstrauisch, dann aber strahlt sie plötzlich Carl Erich an, „Hat Jonas Sie geschickt? Haben Sie meine Tropfen?“

„Äh, nein, da muss ein Missverständnis vorliegen.“

Aneska und Carl Erich zeigen ihre Dienstausweise: „Kralova und Ballschuweit, Kripo Schwerin. Wir ermitteln im Fall des Todes von Herrn Doktor Moorbekker.“

„Was? Doktor Moorbekker ist tot? Oh Gott.“

„Ja, leider, es geschah gestern. Man fand ihn in seiner Praxis erhängt.“

Die Frau ist jetzt wirklich kalkweiß und schlägt die Hand

vor den Mund.

„Wir haben Ihren Namen in den Unterlagen des Doktors gefunden. Sie waren erst kürzlich bei ihm, richtig?"

Isabelle nickt stumm. Genau wie Carl Erich wirkt sie ausgelaugt und verzweifelt. Aneska tritt näher, um sie aufzufangen, denn Isabelle sieht aus, als ob sie jeden Moment ohnmächtig werden könnte. Das blumige Parfum der Frau umweht sie, als sie leise mit ihr spricht: „Frau Nitzlandt, wir wissen, dass es unter die ärztliche Schweigepflicht fällt, weshalb sie bei Doktor Moorbekker waren. Es geht uns nichts an und Sie müssen es uns nicht sagen. Wir wollen nur herausfinden, was Doktor Moorbekker in den Tod getrieben haben könnte."

Carl Erich nickt ernst: „Können Sie uns sagen, ob Ihnen etwas in seinem Verhalten aufgefallen ist?"

„Nein, ich habe keine Ahnung. Es ist auch schon ein paar Wochen her, dass ich bei ihm war. Oje, oje", Isabelle holt tief Luft und zuckt dabei zusammen. Carl Erich erkennt sich selbst in ihr wieder: „Haben Sie Schmerzen?"

„Das ist so verrückt, das glauben Sie mir niemals."

Carl Erich schmunzelt: „Sie sprechen hier mit zwei Personen, denen schon von Beruf wegen nichts Menschliches fremd ist."

„Was ich erleide, ist unmenschlich."

„Wie meinen Sie das?"

„Ich kann Ihnen vertrauen?"

„Wir unterstehen zwar keiner Schweigepflicht wie ein Arzt, aber natürlich behandeln wir jede Information absolut vertraulich."

Sie seufzt: „Ich leide an einer Phobie. Wissen Sie, vor fünf Monaten hatte ich einen Herzinfarkt und bekam danach einen Stent eingesetzt. Der bleibt nun lebenslang in meinem Herzen und muss nicht wieder entfernt werden. Der Arzt hat mir erklärt, dass er nicht verrutschen kann, weil die Aderwand aus Muskulatur besteht, aber was, wenn doch? Ich denke permanent an diesen Stent. Wenn er sich doch bewegt, bin ich tot! Mein Arzt sagt, ich hätte eine normale Lebenserwartung. Aber trotzdem muss ich so viele Medikamente nehmen: Plättchenhemmer, Statine und Betablocker. Keins davon hat mir gegen die Angst geholfen. Und auch kein Therapeut in Berlin." Sie schluckt trocken: „Lange Krankengeschichte, kurzer Sinn - so kam ich nach Rostock. Erst bei Doktor Moorbekker hatte ich endlich Erfolg."

Carl Erich sieht sie mit großen Augen an: „Die Phobie ist weg?"

Isabelle nickt heftig: „Ja, ich war so erleichtert. Aber …"

„Aber was?"

Tränen steigen in Isabelles Augen auf und stürzen ihre kalkbleichen Wangen hinab.

Carl Erichs Stimme ist kaum hörbar: „Nach der letzten Sitzung hatten Sie plötzlich eine Tätowierung."

Reflexartig hebt sie eine blasse Hand vor ihr Herz. „Ja", haucht sie, „Ich … ich erinnere mich an jede Hypnotherapiesitzung, außer an die letzte. Das war am 4. März. Es war hier, in diesem Tempel. Aber danach war da plötzlich dieses Bild auf meiner Brust. Einen Baum mit nur zwei Ästen. Genau über dem Herzen. Es tut schrecklich weh. Erst habe ich Doktor Moorbekker nicht erreichen können. Zwei Tage lang. Dann bin ich hingefahren. Er war besorgt, sagte aber, das würde bald nachlassen. Hat es aber nicht. Ich habe alles Mögliche ausprobiert. Am Ende hat mir Doktor Moorbekker dann die Nummer von einem Mann gegeben, der mir ein Schmerzmittel besorgen könne, dass noch nicht im Handel ist."

„Wie heißt dieser Mann?"

„Ich kenne ihn nur unter seinem Vornamen: Jonas. Um ehrlich zu sein, er ist mir sehr viel sympathischer als Moorbekker. Bah, wenn ich nur an den denke. Der hat immer so eklig nach Rauch gerochen. Konnte ja keine zwei Minuten ohne Zigarette sein. Oh", sie schlägt sich die Hand vor den Mund, „Ich sollte nicht so über einen Toten reden."

Carl Erich bleibt lieber bei dem Thema, das ihn mehr interessiert: „Was ist das für ein alternatives Schmerzmittel?"

„So eine Art CBD-Tropfen, nur besser, weil viel stärker."

Diese drei Buchstaben sind auch Aneska hinlänglich bekannt: „Cannabidiol?!"

Carl Erich nickt: „Sehr viele chronisch kranke Menschen nutzen Cannabidiol, allgemein auch als Cannabis bezeichnet, auch wenn das …"

„Ballschuweit!"

„Okay, okay. Kurz gesagt, viele nutzen es, weil es die Schmerzempfindlichkeit verändert, den Muskelapparat entspannt und ein Hochgefühl hervorruft. Also alles, was man bei Schmerzen vermisst. Aber da sind da noch die

Nebenwirkungen …“

„Die wir hier jetzt nicht diskutieren“, sie blickt ihm scharf in die Augen, wendet ihm dann betont den Rücken zu, „Dieser Jonas wollte sich heute hier mit Ihnen treffen?“

Sie fährt sich mit der Hand über die Augen: „Ja, so haben wir das bisher immer gemacht. Das ist ganz praktisch, ich wohne nämlich drei Straßen weiter. Er sagte, er arbeitet hier in der Nähe. Ich war so happy, dass ich nicht extra nach Rostock fahren muss.“

„Er hat ihnen das ... das Medikament in einem Tempel gegeben?“

„Ja, wir kommen oft zum Beten hierher, allerdings zu unterschiedlichen Zeiten. So haben wir uns eben hier verabredet. Die Türen sind immer offen.“

„Er kommt zum Beten hierher?“

„Ja.“

„Erstaunlich“, Carl Erich und Aneska sehen sich an, „Wann sind Sie heute mit ihm verabredet?“

„Eigentlich wollte er schon vor einer Stunde hier sein. Ich weiß nicht, was los ist. Ich habe nicht mehr viel von den Tropfen übrig. Es ist so ätzend, er geht einfach nicht an sein Handy.“

15. Sri Mayurapathy Murugan Tempel, Berlin, 1. Mai, 11:41 Uhr

Ein kalter Windstoß fährt ihnen durch Haar und Kleidung, dunkle Wolken jagen tief am Himmel entlang, knapp darunter taumelt ein Schwarm grau-schwarzer Nebelkrähen krächzend über ihre Köpfe hinweg. Umso bunter hebt sich der Tempel von der Umgebung ab. Die rot-weiß gestreiften Wände wachsen vor ihnen empor wie ein Zirkuszelt, nur dass dieses Bauwerk von einem Dach gekrönt wird, das auf den ersten Blick einem Wimmelbild entsprungen scheint. Dutzende steingemeißelte, knallbunte Götterfiguren sitzen zwischen ebenso schnörkeligen wie farbigen Verzierungen auf einem treppenartig ansteigenden Dach, darüber ein hoher, runder First wie das Rohr eines Kaleidoskops, bei dem das Innere nach außen gekehrt wurde. Die grünen und roten Schriftzeichen des Tempelnamens gehen vor diesem Hintergrund fast verloren. Das europäische Auge sieht sie eigentlich nur, wenn es auf den viereckigen, weißen Fremdkörper in der Mitte des Dachs gezogen wird: eine Bahnhofsuhr.

„Das ist also das Gopuram, von dem ich dir vorgelesen habe“, Carl Erich erschauert, „Wollen wir nicht drinnen warten? Hier ist es so schrecklich zugig.“

„Meine kleine Frostbeule“, neckt ihn Aneska. Isabelle bringt ein kleines Lächeln zustande und geht voran.

Rasch steigen sie die drei Stufen zum Tempel empor und

stehen staunend unter dem baldachinartigen Vordach mit seinen gelb-grünen Verzierungen vor zwei Wandmalereien des schnauzbärtigen Gottes Murugan, der auf einem Bein stehend mit vier Armen voller religiöser Symbole spielend das Gleichgewicht hält. „Das nenn‘ ich mal ’ne Tür“, staunt Aneska vor den beiden mehrere Meter hohen Türflügeln, von denen Isabelle den einen jetzt erstaunlich behände öffnet.

Im Vorraum ziehen sie ihre Schuhe aus und stellen sie in eines der zahlreichen Regale. Carl Erich schnuppert prüfend: „Hoffentlich haben die da drinnen nicht zu viele Räucherstäbchen brennen. Da wird mir immer leicht übel von.“

„Ach, das ist eigentlich nur während der Poojas so, ansonsten riecht es hier immer schön nach Blumen und Kokosnuss von den Opfergaben“, beruhigt ihn Isabelle, die sich hier offensichtlich sehr wohl fühlt.

Sie betreten einen großen, viereckigen Raum, in dem sich viele kleine Altäre für die verschiedenen Gottheiten verteilen. Jeder dieser bunten Schreine trägt ein ebenso reich verziertes Gewölbedach wie der Tempel. Im Inneren erkennen sie unter Haufen von Blumenketten, seidigen Schals und Pfauenfedern fast nicht mehr die schwarzen, blauen oder kupferfarbenen Götterstatuen. Aneska runzelt irritiert die Brauen ob der nüchternen weißen Badezimmerkacheln an den Wänden und des grauen Betonfußbodens. Alles, was in ihrer katholischen Erziehung normal war, scheint hier auf den Kopf gestellt.

Auch der Priester, der eben auf sie zutritt, wirkt auf sie befremdlich, denn sein um den dünnen, braunen Leib gewundenes Tuch und sein nackter Oberkörper mit den bunten Ketten passen weder zu dem Schmuddelwetter draußen noch in ihr Weltbild. Der Mann lächelt sie freundlich an und entbietet den typischen Gruß mit aneinandergelegten Handflächen: „Guten Tag, kann ich Ihnen helfen?“

Unwillkürlich deutet auch Aneska eine kleine Verbeugung an: „Guten Tag, wir sind hier mit Herrn Rajakumar verabredet, aber er sagte, er steckt noch im Stau. Ist es für sie in Ordnung, wenn wir hier auf ihn warten?“

„Ah, Jaspal, natürlich“, lächelt der Priester sie erneut an und lädt sie mit einer weiten Armbewegung ein, sich im Raum umzusehen, bevor er selbst sich wieder hinter einen kleinen Tisch neben dem Eingang setzt, auf dem Kupferteller mit Obst, Blumen und Kokosnusstücken auf die Gläubigen warten, die eine Opfergabe kaufen wollen.

„Wow“, das ist Carl Erich, der schon vor dem größten Schrein in der Mitte des Raumes steht, „Murugan und zwei Begleiter in anthropomorpher Gestalt.“

„Hm?“, Aneska tritt neben ihn.

Carl Erich zeigt auf eine kleine Figur vor dem Schrein: „Und da ist auch sein Reittier, der Pfau.“

Aneskas Beobachtungsgabe lässt sich davon nicht blenden: „Aha, ja Carl Erich, das sind drei schöne Statuen, aber kann es sein, dass da was fehlt? Guck dir mal die anderen Altäre rundherum an. Alle anderen Götter sind bekleidet und geschmückt und die drei hier sind quasi nackt.“

Auch Isabelle bückt sich jetzt, hebt eine Blumenkette vom Boden auf und wendet sich an den Priester: „Entschuldigung, irgendetwas stimmt hier nicht.“

Der Priester kommt zu ihnen herüber, blickt auf die Kette in ihrer Hand, dann auf die Statuen und stößt einen heißeren Schrei aus, dem ein Schwall Worte auf Tamil folgen, die die drei zwar nicht verstehen, aber sie spüren sofort, dass hier ein Sakrileg begangen wurde. Carl Erich reagiert als Erster: „Los, alle Mann suchen!"

Die drei schwärmen im Raum aus und finden tatsächlich überall verteilt die Kleider, Federn, Blumen und Früchte, mit denen die kleinen Statuen geschmückt waren. Irgendjemand hat sie weit hinten in den Raum geworfen. Der Priester ist völlig außer sich und steht zitternd vor dem Altar, unfähig, sich zu bewegen. Erst als Isabelle ihm die Blumenketten und die Seidenkleidung in die Hand drückt, die sie gefunden hat, scheint er aus der Erstarrung zu erwachen und legt ein Stück nach dem anderen den Statuen um, während er halblaut Gebete murmelt.

„Gehört das auch zu Murugan?", Aneska zeigt auf einen kleinen, messingfarbenen Speer, der am Fuß eines Pfeilers liegt. Die Augen des Priesters füllen sich mit Tränen: „Das ist sein Speer. Was für eine Gotteslästerung. Wer macht so etwas?" Im nächsten Moment schreit er: „NEIN!"

Aneska hat den Speer aufgenommen, um ihn dem Priester zu geben, als sie plötzlich die Augen verdreht, zuckt, als habe sie einen Stromschlag abbekommen, und schließlich zu Boden sackt.

„Aneska!", Carl Erich ist sofort bei ihr, „Aneska, was ist los?" Er rüttelt leicht an ihrer Schulter, doch ihre Augen bleiben geschlossen: „Was ist mit ihr?"

„Atmet sie?", Isabelle kniet neben ihm. „Ja."

„Gott sei Dank! Bring sie in die stabile Seitenlage."

„Es ist meine Schuld“, der Priester ist weinend neben sie getreten, „Sie hätte den Speer nicht anfassen dürfen.“

„Ist das ein Taser, oder was?“, Carl Erich blickt wütend zu dem dünnen Mann empor.

„Nein, ein Fluch“, kommt es trocken zurück. Carl Erich und Isabelle sehen ihn mit offenen Mündern an. Der Priester bedeutet ihnen, zu warten: „Ich werde alles in meiner Macht stehende tun, um ihr zu helfen. Aber ich brauche dazu ein paar Dinge. Ich bin sofort zurück.“

Carl Erich ist bestürzt. Warum trifft es Aneska, aber nicht ihn? Der Priester kommt mit einem Kupferteller voller Opfergaben und einer Handvoll Räucherstäbchen wieder, die er in der Mitte des Tellers in ein mit Sand gefülltes Gefäß steckt und anzündet. Dann beginnt er mit singender Stimme für Aneska zu beten, wobei er mit einigen Räucherstäbchen in der Hand immer wieder über ihren Körper fährt. Vom Geruch des Rauchs wird Carl Erich übel. Bevor er Schande über sich bringt, entschuldigt er sich mit gepresster Stimme: „Ich muss mal an die frische Luft.“

Draußen tigert er unruhig hin und her. Wird sie es schaffen? Er schaut auf die Uhr und beschließt, einen Notarzt zu rufen, wenn die Tür nicht in zwei Minuten aufgeht.

16. Sri Mayurapathy Murugan Tempel, Berlin, 1. Mai, 12:07 Uhr

„Sie ist wieder aufgewacht!“, der große Türflügel hat sich einen Spalt weit geöffnet und Isabelle guckt heraus. Carl Erich stürmt herein und vergisst fast, sich die Schuhe auszuziehen. Achtlos schmeißt er sie ins Regal und hat gerade zwei Schritte auf Aneska zugemacht, die immer noch auf dem Boden liegt, da rumpelt und knallt es laut hinter ihm. Erschrocken dreht er sich um und sieht erschrocken, dass das Schuhregal zusammengebrochen ist.

„Nicht schon wieder!“, hört er hinter sich die Stimme des Priesters, „Das ist heute schon das zweite Mal.“

„Entschuldigen Sie bitte vielmals, ich bringe das wieder in Ordnung“, stammelt ein hochroter Carl Erich, der dann aber doch erstmal seine Kollegin ansteuert.

Aneska blickt zu ihm hoch: „Was ist passiert?“

„Das frage ich dich.“

„Ich habe ein grelles Blitzlicht gesehen und dann wurde alles schwarz.“

Carl Erich hilft ihr, sich aufzurichten: „Hier hat nichts geblitzt. Aber der Priester meint, du könntest von einem Fluch getroffen worden sein, weil du Murugans Lanze angefasst hast.“

„Was?“, Aneska ist empört, „Ist das der Dank dafür, dass ich geholfen habe, die Statue wieder zusammenzusetzen?“

Der Priester macht eine beschwichtigende Handbewegung: „Götter und Geister suchen sich meist das schwächste Mitglied einer Gruppe aus und nehmen es ins Fadenkreuz.“

Aneska kann schon wieder mit den Augen rollen: „Jetzt fängt der auch noch damit an!“

„Aneska, bitte, ich war kurz davor, einen Notarzt zu rufen! Aber dieser Mann hat dich mit seinen Gebeten aus einer tiefen Bewusstlosigkeit geholt. Und ich denke, dass das nicht nur eine einfache Ohnmacht war.“

„Hm“, Aneska sieht dem Priester in die Augen, der sie immer noch freundlich anlächelt, und nuschelt ein leises „Danke.“

Der Priester nimmt ihre Launenhaftigkeit erstaunlich locker: „Das Leben ist manchmal wie ein Horrorfilm, aber man kann da leider nicht einfach abschalten.“

Jetzt müssen sie alle wider Willen lachen: „Da sagen Sie was!“

Als die Anspannung von ihm abfällt, bemerkt Carl Erich die Schmerzen seiner Tätowierung wieder und eine Welle der Erschöpfung flutet über ihn hinweg. Der Geruch des Rituals hängt noch immer in der Luft und benebelt ihn. Aneska klopft auf den Boden neben sich: „Ich glaube, du solltest dich auch mal setzen.“

„Ausruhen kann ich mich, wenn ich endlich weiß, was hier passiert ist“, protestiert Carl Erich, lehnt sich aber dann doch an einen Pfeiler, rutscht auf die Erde und schließt die Augen. Er sehnt sich nach Schlaf und einem Ende seiner Qualen.

„Ist schon in Ordnung, ruhen Sie sich gerne etwas aus. Jaspal kann mir mit dem Regal helfen, wenn er da ist“, die schwarzen Augen des Priesters blitzen.

„Sie sagten gerade, das Regal sei heute schon einmal umgefallen …“, beginnt Aneska.

„Ja“, der Priester nickt heftig, „Und das merkwürdige war, dass kein Mensch im Vorraum war, als ich nachsah. Ich habe dann das Regal wieder zusammengebaut und …“ Er verstummt.

Aneska ahnt, was ihn so erschrocken hat: „Und währenddessen hat jemand den Altar verwüstet.“

„Wahrscheinlich.“

„Gibt es hier noch mehr Zugänge?“

„Ja, hinten, aber dafür haben nur einige wenige Gemeindemitglieder den Schlüssel“, der Priester blickt auf, als sich vorne die große Tür öffnet. Ein junger, etwas untersetzter Mann mit derselben dunklen Haut wie er, aber in Pullover und Jeans kommt herein. Der Priester begrüßt ihn freudig auf Tamil und stellt ihn dann den dreien als Jaspal vor.

Der junge Mann blickt besorgt auf den Haufen Holz, der einmal ein Regal war, dann auf Aneska und Carl Erich am Boden: „Was ist denn hier passiert?“

Während Aneska und Carl Erich sich vorstellen und ihm erzählen, was vorgefallen ist, hat Isabelle vom Priester einige Blumen gekauft, die sie nun überall bei den Götterstatuen ablegt. Plötzlich bleibt sie stocksteif stehen und die restlichen Blüten fallen ihr aus der Hand auf den

Boden: „Nein, das kann nicht wahr sein! Mein Tattoo!“

Der Priester und Jaspal stürzen zu ihr, Carl Erich und Aneska rappeln sich ebenfalls hoch und sehen sich den Schrein an, vor dem sie steht. Die beiden Kriminalpolizisten wechseln einen überraschten Blick. Jemand hat der Götterstatue des Elefantengottes Ganesha eine Darstellung der Weltenesche Yggdrasil mit zwei Ästen auf die Brust gemalt. Der Priester ist fassungslos: „Noch eine Schändung! Was soll das?“

Während Jaspal und der Priester klagend auf Tamil diskutieren, umrunden Aneska und Carl Erich den Schrein. Zwischen der Rückseite und die Wand gequetscht entdeckt Carl Erich eine kleine, rechteckige Kiste mit demselben Yggdrasil-Ornament auf dem Deckel wie auf der Brust der Statue. Vorsichtig zieht er sie heraus, doch die Kiste lässt sich nicht öffnen, denn sie ist rundherum dick mit schwarzem Kerzenwachs verschlossen.

„Ich versuche es mal mit meiner Nagelfeile“, flüstert Aneska, aber die Feile zerbricht. „So ein Mist!“, sie rüttelt an der Kiste und spürt etwas relativ Schweres darin herumrollen, „Was kann das sein?“

In diesem Moment erscheint der Priester bei ihnen und erbleicht, als er sieht, was sie da in den Händen halten: „Nein, aufhören! Das ist eine Dibbuk-Box.“

„Eine was?“

„Das kommt aus dem jüdischen Glauben. Es ist ein Behälter, der einen bösen Geist enthält.“

„Wie einen Flaschengeist?“

„Ja, aber böse. Man sollte einen Dibbuk niemals aus der

Kiste heraus lassen."

Aneska greift sich an den Kopf: „Ich glaub, mein Schwein pfeift. Das kann doch alles nicht wahr sein."

Der Priester zuckt nur die Schultern: „Ich habe gelernt, dass es vieles zwischen Himmel und Erde gibt, das wir nicht verstehen."

„Aber da ist etwas Schweres drin," Carl Erich rappelt wieder mit der Kiste.

„Ich habe gehört, dass es sich um Kristalle handeln soll, um den Geist zu bannen", weiß der Priester.

„Das ist interessant", Carl Erich drückt der perplexen Aneska die Kiste in die Hand und will eben sein Handy zücken, aber der Priester hebt warnend die Hand: „Nicht hier drin!"

„Dürfen wir die Kiste mitnehmen?"

„Sehr gerne. Ich will so etwas nicht in meinem Tempel haben. Und jetzt entschuldigen Sie mich, ich muss etwas holen, um die Statue zu reinigen."

Jaspal hat die schluchzende Isabelle getröstet und wendet sich jetzt an die Kriminalpolizisten: „Entschuldigen Sie vielmals, aber ich muss jetzt hier bleiben."

„Kein Problem, wir haben ja Ihre Nummer", sie suchen ihre Schuhe unter den Trümmern des Regals hervor und nehmen die Kiste mit hinaus in den Vorgarten.

Draußen kann Carl Erich endlich seine Suchanfrage ins Handy eingeben. Nach wenigen Sekunden hat er gefunden, was er suchte, aber das Ergebnis irritiert ihn: „Das ist seltsam, laut Wikipedia ist ein Dibbuk ein böser Totengeist, der in den Körper eines Lebenden eintritt und bei diesem irrationales Verhalten bewirkt."

„So was wie Besessenheit?", Aneska ist schon wieder kurz vorm Augenrollen.

„Genau! Aber wessen Geist ist denn dann da drin?"

Seine Kollegin hat andere Sorgen: „Wo ist Isabelle? Eben war sie doch noch hinter uns." Ratlos blicken sie sich auf dem Hof um. Dann hat sie die Gesuchte entdeckt: „Wie kommt die denn so schnell auf die andere Straßenseite? Und wer ist der Kerl mit der Karl-Lagerfeld-Gedächtnisfrisur bei ihr?"

Carl Erich hat immer noch das Handy vor der Nase: „Das muss dieser Jonas sein."

Aneska ist bereits die Treppe runter: „Was stehst du noch da rum?"

17. Blaschkoallee 48, Berlin, 1. Mai, 12:23 Uhr

Sie sprinten über den Vorhof des Tempels. Ein scharfer Wind bläst ihnen altes Laub entgegen. Auf der anderen Straßenseite gibt Jonas eben Isabelle einen dunklen Gegenstand in die Hand. Der Stau hat sich offensichtlich in den letzten Minuten aufgelöst und die Autos fahren zügig aber dicht auf dicht an ihnen vorbei. Aneska und Carl Erich kommen einfach nicht über die Straße. Hilflos müssen sie mit ansehen, wie Jonas heftig gestikulierend auf Isabelle einredet, wie diese daraufhin ihren Hals mit dem schwarzen Gegenstand berührt, etwas aufblitzt und hören ihren Schrei, bevor sie wild zuckend zusammenbricht.

„Isabelle!“, Carl Erich brüllt. Der Mann verschwindet blitzschnell zwischen den Bäumen des angrenzenden Parks. Carl Erich wirft sich todesmutig zwischen die Autos, Bremsen quietschen und ein wütendes Hubkonzert ertönt, dann ist er auch schon über die zweite Fahrbahn gesetzt und hechtet dem Flüchtenden hinterher.

Seine Kollegin nutzt die Schrecksekunde der Autofahrer und eilt ebenfalls hinüber, bevor die Blechlawine sich wieder in Gang setzt. „Lebensmüde oder wat?“, Berliner Autofahrer verlieren schnell die Contenance. Aneska ignoriert sie.

Isabelle liegt inzwischen reglos bäuchlings auf dem Gehweg, neben ihr der schwarze Gegenstand. Jetzt erkennt Aneska auch, was es ist: eine ziemlich wuchtige Elektroschockwaffe, die sicherlich eine Spannung um die 50.000 Volt erreicht.

Die junge Frau atmet nicht mehr und Aneska kann keinen Puls fühlen. Aneska dreht Isabelle vorsichtig auf den Rücken. Sie verständigt einen Rettungswagen, reißt der Bewusstlosen die Bluse auf, dass die Knöpfe nur so fliegen, und beginnt mit der Wiederbelebungsmaßnahme. Kurz nur zuckt sie zurück, als sie das Tattoo oberhalb der linken Brust entdeckt: Yggdrasil mit zwei Ästen, genau wie auf der Ganesha-Statue und der schwarz verklebten Dibbuk-Box, die sie neben sich abgelegt hat. Sie verscheucht alle weiteren Gedanken aus ihrem Kopf und macht sich an die Arbeit: dreißig Mal Herzdruckmassage, zwei Mal Beatmen. Gerade als sie sich ärgerlich fragt, ob Carl Erich bei Jonas wohl mehr Erfolg hat, kommt der schwer atmend zurück. „Ist mir entwischt“, keucht er nur, dann übernimmt er die Herzdruckmassage.

Wenig später hören sie das Martinshorn des Rettungswagens, das sich ihnen rasch nähert, da die Autos erstaunlich reaktionsschnell ausweichen. Carl Erichs Arme brennen jetzt nicht nur vom Schmerz des Tattoos.

Aneska gibt Isabelle noch zwei Mal Luft und als sie danach auf Isabelles Brustkorb hinunterschaut, wo Carl Erich eben seine Hände wieder richtig platzieren will, bemerkt sie, dass das Tattoo vor ihren Augen zu verblassen beginnt: „Ballschuweit, kneif mich!“

Er japst: „Kann nicht, außerdem schlägst du mich dann wieder.“

„Das Tattoo, guck doch!“

„Das gibt’s doch gar nicht!“

Ungläubig starren beide auf Isabelles Brustkorb, der sich unter der Herzdruckmassage ruckartig bewegt. Als das Tattoo verschwunden ist, kündet nur noch eine winzig kleine, kreisrunde Wunde von der Stelle, wo es eben noch deutlich zu sehen war. Die Male des Elektroschockers dicht unterhalb des Halsansatzes sind deutlich stärker gerötet.

In diesem Moment treffen die zwei Rettungssanitäter ein. Während der eine sofort die Herzdruckmassage übernimmt, berichtet Aneska kurz, was passiert ist. Sie erzählt auch von Isabelles Herzinfarkt und dem Stent.

Der zweite Rettungssanitäter hat inzwischen die Trage aus dem Wagen gezogen und gemeinsam heben sie den leblosen Körper in den Rettungswagen, um sie mit dem Defibrillator wiederzubeleben. Die Tür schließt sich mit einem Knall und zurück bleiben zwei schwer atmende Kriminalbeamte, die der Wind zerzaust. Aneska hält die Dibbuk-Box in den Händen und Carl Erich wirft einen Blick in Isabelles knallige Handtasche. Neben der Brieftasche und dem Handy findet er eine fast leere Medizinflasche mit Pipette und einen kleinen Notizblock. Auf der ersten Seite liest er: „Marina Thießreiter, Schwerin, Toxiphobie." Er blickt Aneska mit kugelrunden Blauaugen an und haucht: „Noch eine?"

„Toxiphobie?" Sie kann nur mit einer Frage antworten.

„Angst vor Vergiftung", Carl Erich muss nicht mal googeln, „Und das ist dann schon etwas Gravierenderes als nur die Angst, sich eine Lebensmittelvergiftung zuzuziehen."

„Wieso hat Isabelle uns davon nichts gesagt?"

„Weil wir nicht gefragt haben und ich fürchte, sie war zu sehr mit ihren eigenen Problemen beschäftig."

„Warum trägt sie dann das hier mit sich herum?", Aneska macht mit dem Handy ein Foto der Notiz.

„Keinen Schimmer. Aber", er zögert, „das erinnert mich an die Notiz von Moorbekker in meiner Patientenakte. Name, Wohnort, Diagnose …"

Ihre Köpfe rucken herum, als die Tür des Rettungswagens sich öffnet, der eine Sanitäter herausspringt und nach vorne läuft, um sich hinters Lenkrad zu setzen. „Haben Sie sie reanimieren können?"

„Bis jetzt noch nicht."

„In welches Krankenhaus bringen Sie sie?"

„Klinikum Neukölln."

„Danke. Hier ihre Handtasche", Carl Erich reicht dem jungen Mann schnell Isabelles Handtasche, der bedankt sich knapp und steigt ein.

Aneska blickt dem abfahrenden Rettungswagen düster hinterher: „War das jetzt Mord oder Beihilfe zum Selbstmord? Was für ein Scheiß, jetzt müssen wir doch die hiesigen Kollegen mit unserer Anwesenheit beehren.“ Sie drückt Carl Erich resigniert die Dibbuk-Box in den Arm und zieht ihr Handy aus der Tasche.

Beide bemerken den schwitzenden Mann nicht, der sie aus einem dichten Busch im Park heraus beobachtet.

18. Auf der A24, 1. Mai, 15:47 Uhr

Es ist etwas kompliziert, den Berliner Kollegen die Umstände von Isabelle Nitzlandts Tod zu erklären, aber zwei Stunden später dürfen sie endlich zurück nach Schwerin. Carl Erichs Angebot, das Auto zu fahren, lehnt Aneska entschlossen ab: „Auf keinen Fall! Es geht mir gut und wer weiß, unter was für Substanzen du gerade stehst.“ Der große Blonde schweigt ertappt, denn er hat sowohl ihr als auch den Kollegen verschwiegen, dass er die Tropfen aus Isabelles Handtasche eingesteckt hat. Die Versuchung, endlich schmerzfrei zu sein, und sei es auch noch so kurz, hat gesiegt. Er fühlt sich deswegen absolut nicht wohl in seiner Haut, aber das tut er im Moment ja eh nicht.

„Hast du die Nummer von Bieler oder Knöppler noch?“, Aneskas Stimme reißt ihn aus seinen trüben Gedanken, „Die sollen mal in Moorbekkers Unterlagen nach den Namen Isabelle Nitzlandt und Marina Thießreiter gucken. Und nach diesem Jonas.“

„Gute Idee, aber ich habe keine Telefonnummer

gespeichert“, gesteht Carl Erich, „Muss ich wohl übers Revier gehen.“ Er zückt sein Handy. Als die Zentrale ihn weiterleitet, ist es zu seiner Enttäuschung ein ruppiger Jens Bieler, der den Anruf entgegennimmt. Der lässt sich von Carl Erich die Namen buchstabieren, fragt zwei Mal nach, wie die Phobien heißen und verspricht schließlich lustlos, sich zu melden, sollten sie etwas finden. „Herr Bieler“, Carl Erich fleht fast, „dieser Jonas ist sehr, sehr wichtig. Der Mann muss in irgendeiner Verbindung mit Herrn Moorbekker stehen. Nicht unbedingt als Patient. Also vielleicht finden Sie ihn ja in seinem Adressbuch oder so …“ Als er auflegt ist sich Carl Erich sicher, dass er so schnell nichts mehr aus Rostock hören wird: „Verdammt!“

Aneska braucht gar nicht zu ihm rüberzuschauen: „Nimm’s nicht persönlich, der Mann ist ein personifiziertes Arschloch. Aber wart’s ab, wir können schließlich auch von unser Polizeiinspektion aus nachforschen. Mich würde ja viel mehr interessieren, weshalb bei Moorbekker das Tattoo im Tod nicht verschwunden ist.“

„Das ist die nächste Sache, die mir Kopfschmerzen bereitet“, Carl Erich angelt seine Wasserflasche aus der Becherhalterung des Wagens und spült damit eine Schmerztablette herunter. Was würde wohl mit seinem Tattoo passieren, wenn er …? Sein Magen knurrt unüberhörbar.

„Ist ja gut, ich fahre bei der nächsten sich bietenden Raststätte ran. Muss eh tanken“, verspricht seine hellhörige Kollegin, „Aber zuerst müssen wir diese Marina Thießreiter finden.“ Sie will gerade auf der Polizeiinspektion in Schwerin anrufen, da hat Carl Erich sie schon gegoogelt: „Kannst auflegen, ich hab‘ sie! Hier: Koordinatorin der Abteilung Modedesign der Design-Schule Schwerin. Eine private Höhere Berufsfachschule. Anschrift, Telefonnummer, Fotos vom gesamten Kollegium und so weiter und so fort. Wenn das immer so einfach wäre."

Er ruft die Kontaktnummer an, erhält aber lediglich die Auskunft, Frau Thießreiter sei gerade in einer Besprechung. Als der Mann am Telefon fragt, worum es ginge, stellt er sich mit Dienstgrad vor und fragt, ob es möglich sei, heute noch ein Treffen zu vereinbaren. Am Ende legt Carl Erich einigermaßen zufrieden auf: „Wir stehen in ihrem Terminkalender." Dann beginnt er, laut nachzudenken: „Wo könnte ihre Tätowierung sein? Wo wird man vergiftet? Eine Vergiftung betrifft ja im Prinzip den ganzen Körper, sämtliche Körperregionen könnten betroffen sein."

Aneska verzieht das Gesicht: „Ballschuweit, musst du das jetzt breittreten?"

„Man macht sich halt so seine Gedanken."

„Ja doch, mach dir Gedanken, aber bitte erzähl sie mir nicht immer alle. Das ist eine Sorte Kopfkino, die muss ich jetzt nicht haben."

„Aber das ist doch unser Beruf."

„Ballschuweit! Gerade ist vor unseren Augen eine Frau gestorben, darf ich das jetzt bitte mal ein paar Minuten verarbeiten?"

Als Aneska an der nächsten Tankstelle anhält, geht Carl Erich auf die Toilette und nimmt einige Tropfen aus Isabelles Fläschchen auf die Zunge. Zu seiner großen Überraschung setzt die Entspannung fast sofort ein. Oder sind es nur das warme Wasser auf seinen Händen und der Duft der Seife?

Zwei Kaffee und einige belegte Brote später sind sie zurück auf der Autobahn. Aneska bemerkt, dass ihr Kollege mehrmals ein Gähnen unterdrückt und sich immer wieder die Augen reibt: „Schlaf doch eine Runde."

„Ich habe Angst einzuschlafen. Ich will nicht noch mehr verpassen."

„Aber unausgeruht bist du mir keine Hilfe."

„Hast recht", nuschelt Carl Erich, kippt die Rückenlehne seines Sitzes nach hinten und schläft während der gesamten restlichen Fahrt bis wenige Kilometer vor Schwerin. Als neben ihnen ein Lkw dröhnend hupt, schreckt er hoch.

Aneska grinst herüber: „Gut geschlafen?"

„Das Böse schläft nie."

„Scherzkeks, wie geht's dir?"

Der Hüne auf dem Sitz neben ihr horcht einen Moment in sich hinein, einen rätselhaften Ausdruck im Gesicht. Dann strahlt er sie blauäugig-blond-unschuldig an: „Erstaunlich, was so ein Powernapping ausmachen kann. Ich fühl mich spitze. Aber ich habe tierischen Hunger. Und Durst, meine Zunge klebt am Gaumen." Er schüttelt sich.

„Wir haben doch gerade erst gegessen."

„Da, DA! Fahr da ran! An die Tankstelle!"

„Schrei mich nicht an, ich fahre 130!"

Carl Erich quengelt erfolgreich weiter, so dass sie doch noch einen Zwischenstopp bei der nächsten Tankstelle einlegen. Dort kauft er sich einmal quer durchs süße und salzige Sortiment der Snacks und schlingt im Auto alles binnen

Minuten hinunter. Schmatzend fragt er, ob sich Frau Thießreiter schon gemeldet habe. Aneska verneint. Ihr ist übel vom Anblick ihres wahllos durcheinanderfutternden Partners.

19. Design-Schule Schwerin, Bergstraße 38, 1. Mai, 17:05 Uhr

Es ist nicht weiter schwierig, die Schweriner Design-Schule zu finden. Das dreigeschossige Gebäude mit den zwei Erkern im Dach strahlt in hellstem Weiß, selbst bei diesem Wetter. „Sieht wirklich wie eine Schule aus, so viele Fenster."

Aber als Carl Erich und Aneska das Foyer durchqueren wollen, spricht sie der Pförtner unwirsch an, dessen Namensschild ihn als Eugen Böck ausweist: „Wohin des Wegs?"

„Wir möchten in die Abteilung Modedesign zu …", beginnt Carl Erich, wird aber taktlos unterbrochen.

„Dritter Stock. Und wieso wollen Sie dahin?"

Beide zeigen ihre Dienstausweise und erklären ihm, sie hätten einen Termin mit Frau Thießreiter.

„Davon weiß ich nichts."

„Waren nicht Sie das vorhin am Telefon?"

„Ich mach hier doch nicht auch noch das Fräulein vom

Amt!“

Carl Erich richtet sich zu seiner vollen, imposanten Größe auf: „Wo bitte finden wir das Büro von Frau Thießreiter oder muss ich das selber googeln?“

„Wir haben WLAN im gesamten Gebäude“, kommt es wie aus der Pistole geschossen von Böck. Carl Erich strahlt, Aneska kocht – Männer! Der Hausmeister merkt es und brummelt: „Zimmer 305. Nehmen Sie die Treppe da. Der Fahrstuhl ist defekt.“

Auch das Treppenhaus ist so strahlend weiß wie die Außenwände. Aneska hört ihren verfressenen Kollegen hinter sich schnaufen und lächelt still in sich hinein. Da nimmt sie aus dem Augenwinkel im Stockwerk über sich eine Bewegung wahr und ruft: „Frau Thießreiter?“ Doch die schwarze Gestalt bewegt sich blitzschnell vom Treppengeländer weg. Aneska setzt hinterher und kommt auf einem völlig leeren Flur heraus. Die ersten Türen sind mehrere Meter vom Treppenaufgang entfernt. „Wo ist die geblieben?“

Carl Erich kommt schnaufend neben ihr an: „Durch die Wand gegangen?“

„Kannst ja deine paranormalen Ermittlerfreunde anrufen, ob die eine Erklärung haben.“

Doch Carl Erich winkt nur cool ab: „War’n Scherz. Geisterjäger haben meist keinen Erfolg und keinen Kontakt.“

„Mir scheint, wir haben ständig Kontakt.“

„Meinst du das jetzt im Ernst?“, bass erstaunt schaut er auf sie herab.

„Eigentlich irgendwie schon.“

Carl Erich sieht sie so dermaßen entgeistert an, dass sie entnervt fragt: „Was?“

„Wer sind Sie und was haben Sie mit Aneska Kralova gemacht?“

„Nicht witzig, Ballschuweit.“

„Du erinnerst dich, dass Geisterjäger-Boss Schollmeyer meinte, manchmal heften sich Geister an die Ermittler und folgen ihnen?“

„Ich erinnere mich nur daran, dass Schwachkopf-Siggi nicht in der Lage war, seine Polizeiausbildung zu beenden. Komm jetzt, da hinten muss es sein.“

20. Design-Schule Schwerin, Bergstraße 38, Zimmer 305, 1. Mai, 17:11 Uhr

Die Tür zu Zimmer 305 steht halb offen. Eine sehr schlanke, sehr blasse Dame mit dunkelbraunem Pagenschnitt sitzt hinter einem hypermodernen Schreibtisch. Es ist Marina Thießreiter. Ein herber Geruch liegt im Raum. Aneska kann nicht beurteilen, ob es das Parfum der Frau ist. Der Geruch ist irgendwie zu männlich und passt nicht zu ihr.

Carl Erich geht freundlich lächelnd auf den Schreibtisch zu: „Frau Thießreiter? Mein Name ist Carl Erich Ballschuweit.

Sie kennen mich nicht, aber ich bin auch ein Patient von Doktor Moorbekker in Rostock."

Marina erwidert sehr leise etwas, aber Carl Erich muss nachfragen, weil sie so undeutlich spricht.

Sie räuspert sich, spricht dann etwas lauter, nuschelt aber immer noch: „'tschuldigen Sie, wenn ich nicht aufsteh', aber ich hab' Kopfschmerzen und mir is' sehr schwindelig." Sie reicht ihnen eine zarte, sehr kühle Hand.

„Frau Thießreiter, es tut mir Leid, wenn es Ihnen nicht gut geht. Es dauert auch nicht lange. Meine Kollegin, Frau Kralova und ich arbeiten bei der Kriminalpolizei. Vorgestern wurde Doktor Moorbekker tot in seiner Praxis gefunden. Wir wissen, dass Sie seine Patientin waren. Haben Sie eine Ahnung, ob er irgendwelche privaten Probleme hatte oder Ärger mit einem anderen Patienten?"

„Ich weiß nich'", die Augen der Frau flackern.

Carl Erich fällt auf, dass ihr Gesicht schweißnass ist: „Können wir Ihnen irgendwie helfen?"

„Mir kann keiner mehr helfen."

Jetzt ist auch Aneska besorgt: „Wie meinen Sie das?" Doch die Frau hinter dem Schreibtisch schüttelt nur mit geschlossenen Augen den Kopf.

Carl Erich hat plötzlich eine Ahnung, weshalb sie so merkwürdig spricht: „Was ist mit ihrem Mund passiert?"

Kurz fixiert sie ihn mit einem Stirnrunzeln, dann zuckt sie mit den Schultern, beugt sich vor und stülpt die Unterlippe vor, die sie dann mit den Fingern festhält. Schlagartig wird den beiden klar, warum sie so große Mühe beim Sprechen hat: Sie hat eine Tätowierung Yggdrasils mit drei Ästen auf der Innenseite der stark geschwollenen Unterlippe.

Carl Erich fällt auf, dass auch ihre Schleimhäute sehr blass sind und voller roter Punkte. Sind das Blutungen? In der Mitte des Tattoos blutet es definitiv noch nach. Frau Thießreiter hat rote Schlieren an den unteren Schneidezähnen.

Aneska, die sich ebenso wie Carl Erich über den Tisch gebeugt hat, um der Frau in den Mund zu sehen, richtet sich schnell wieder auf. Der bitter-herbe Geruch ist in der Nähe der Frau unerträglich stark.

„Sie war‘n auch bei Moorbekker?“, Frau Thießreiter lehnt sich wieder zurück. Ihre Pupillen sind riesengroß.

Carl Erich runzelt die Stirn: „Ja, wie gesagt, deswegen sind wir hier.“

„Ich bin nich‘ mehr bei ihm in Behandlung“, Marina atmet schnell und nestelt an ihrer Perlenkette, „Für mich is‘ alles vorbei.“

„Wie meinen Sie das?“

Doch Marina antwortet nicht. Sie hält sich den Bauch und beugt sich stöhnend vornüber. Carl Erich sieht sich hektisch nach einem Mülleimer um, falls sie sich übergeben muss. Dabei fällt ihm auf, dass das Büro dieser so adrett gekleideten Dame aussieht wie Kraut und Rüben.

Der Krampf scheint vorüber. Sie richtet sich wieder auf, bemerkt seinen Blick: „Das war ich nich‘.“

„Wer dann? Das sieht ja aus, als wurde hier eingebrochen.“

„Nein“, sie stöhnt wieder und krümmt sich, „Dieser

verdammte Jonas."

„Jonas?", Aneska und Carl Erich trauen ihren Ohren nicht.

„Ja, hat hier alles auf 'n Kopf gestellt."

„Warum?", hakt Aneska sofort nach, doch Marina Thießreiter legt den Kopf auf die Schreibtischplatte als wolle sie einschlafen.

„Was wollte er von Ihnen? Frau Thießreiter, können Sie uns seinen Nachnamen sagen?" Doch auch jetzt bleibt die Frau stumm. Aneska haut so stark auf den Tisch, dass sowohl Frau Thießreiter als auch Carl Erich einen Satz machen: „WAS WAR HIER LOS?"

In abgehakten Sätzen erzählt die gequälte Frau ihre Geschichte. Seit ihrer Kindheit leidet sie an Vergiftungsangst. Manchmal isst sie tagelang nichts. Die Phobie kann dazu führen, dass sie sich zu Tode hungert. Doch sie beschließt, einen Therapeuten aufzusuchen.

Hier schaltet sich Carl Erich ein: „Den Rest der Geschichte kenne ich. Nach der Hypnotherapie sind Sie erwacht und waren tätowiert?"

„Ja."

„Und dann tauchte Jonas auf und gab Ihnen ein Mittel gegen die Schmerzen?"

„Ja", Marinas Augen erscheinen riesig. Aneska kommt es vor, als würden sie nur noch aus Pupille bestehen. Ihr Kopf schwankt hin und her, „Es is' hier im Tresor."

„Das Mittel?"

Marina schüttelt den Kopf, ringt nach Luft.

Aneska ungeduldig: „Er hat also nicht gefunden, was er suchte?“

„Nein, Sie haben ihn verpasst. Er is‘ eben weg. Hat mir zum Abschied ‘ne Spritze gegeben“, ihr Mund verzieht sich zum einem verzerrten Lächeln.

Carl Erich greift ihr besorgt an die Schulter: „Was für eine Spritze? Was war da drin? Frau Thießreiter, hat er sie etwa vergiftet?“

Marina Thießreiter schnauft immer stärker, stößt dann hervor: „Nehmen Sie das Jahr …“ Doch sie kann den Satz nicht beenden, verdreht die Augen, röchelt noch einmal laut auf und kippt vom Stuhl. Am Boden krampft sie weiter. Aneska springt hinzu und schiebt den Bürostuhl weg, passt auf, dass sie sich nicht den Kopf am Schreibtisch stößt. Carl Erich wählt den Notruf und alarmiert den Notarzt, dass eine Vergiftung vorläge. Nach wenigen Minuten, die sich wie eine Ewigkeit anfühlen, beruhigt sich Frau Thießreiter. Gemeinsam bringen sie den federleichten Körper in die stabile Seitenlage. Aneska fühlt ihren Puls. Er rast, wird unregelmäßig und ebbt dann ab: „Scheiße, ihr Herz hat aufgehört zu schlagen!“ Sie prüft die Atmung: „Scheiße, scheiße, scheiße!“

Während Aneska die Frau umdreht, um zum zweiten Mal binnen weniger Stunden eine Herzdruckmassage durchzuführen, bemerkt sie, dass Carl Erich sich hektisch um Raum umsieht, als würde er etwas suchen: „Was machst du?“

„Ich suche ein Taschentuch.“

„Wozu?“

„Wenn ich sie beatmen soll, will ich nicht direkt mit diesem blutigen Mund in Kontakt kommen."

„Dann wechseln wir uns bei der Massage ab", kommt es ruckartig von seiner Kollegin, die bereits begonnen hat. Beide wissen, dass die Sauerstoffversorgung in diesem Moment weniger wichtig als der Blutkreislauf ist und sie sich nicht strafbar machen, wenn sie nur die Herzdruckmassage durchführen.

Kaum fünf Minuten später treten zwei Rettungssanitäter in den Raum. Der eine übernimmt sofort die Herzdruckmassage. Ein fassungsloser Hausmeister Böck bleibt im Türrahmen stehen und sieht aus, als ober er jeden Moment in Tränen ausbrechen würde.

„Sie hat ein Tattoo auf der Innenseite der Unterlippe, das noch blutet, deswegen haben wir nicht beatmet", gibt Carl Erich sofort zu. Der zweite Sanitäter prüft den Mund, setzt dann den Beatmungsbeutel an und sagt über die Schulter: „Ich kann da kein Tattoo sehen, aber das ist jetzt auch egal. Wissen Sie, was sie für ein Gift bekommen hat?"

Carl Erich ist verwirrt: „Nein, sonst hätte ich das ja wohl schon beim Anruf gesagt. Sie sagten, da sei kein Tattoo?"

Der Sanitäter blickt ihn streng an: „Ist das jetzt wichtig?"

„Nein, nein", Carl Erich hebt beschwichtigend die Hände und wirft anschließend Aneska einen vielsagenden Blick zu, dann treten beide auf den Flur. „Wir müssen diesen Jonas suchen lassen!", während Carl Erich die Kollegen von der Polizei anruft, wendet sich Aneska dem Hausmeister zu: „Herr Böck, haben Sie einen Mann mit hellgrauem Pferdeschwanz aus dem Gebäude gehen sehen?"

„Also vorne am Haupteingang nicht."

„Dann gehen Sie bitte sofort los und schließen alle Aus- und Eingänge des Gebäudes ab."

„Das geht nicht", Böck schüttelt den Kopf, „und das bringt nichts. Das Lehrpersonal hat eigene Schlüssel."

„Dann schreiben Sie wenigstens von allen, die das Gebäude verlassen, den Namen auf."

„Wie stellen Sie sich das vor? Hier gibt's einen Vorder- und einen Hinterausgang. Ich kann mich doch nicht teilen. Kommen Sie doch mit runter und machen Sie das."

„Wir müssen eine sofortige Durchsuchung der Räume durchführen."

Carl Erich hat sein Telefonat beendet. Er hat die letzten Sätze mitgekriegt: „Die Polizei ist in wenigen Minuten hier. Herr Böck, Frau Thießreiter ist eben vergiftet worden und wir haben den dringenden Verdacht, dass es Fremdverschulden war. Der Mann, der dafür verantwortlich ist, könnte sich noch im Gebäude befinden."

Der Hausmeister sieht sich hektisch um: „Oh Gott, wenn der nun nicht nur die arme Frau Thießreiter …"

Carl Erich fasst ihn bei den Schultern und zwingt ihn, ihm ins Gesicht zu sehen: „Herr Böck, schließen Sie jetzt bitte umgehend die Türen ab. In wenigen Minuten kommt Verstärkung, die können Sie dann reinlassen. Aber ansonsten bleibt jetzt jeder, wo er gerade ist. Sie gehen zu den beiden Eingängen, schließen ab und bleiben dann in ihrer Loge. Ist das klar?" – „Ja, ja, ich denke schon. Ach du mein Gott, die gute Frau Thießreiter…"

„Herr Böck, laufen Sie los!" – „Jaja…"

21. Design-Schule Schwerin, Bergstraße 38, 3.Stock, 1. Mai, 17:26 Uhr

Als der Hausmeister auf der Treppe verschwunden ist, wendet sich Aneska an Carl Erich: „Unsere zweite Zeugin ist tot. Wir müssen diesen Jonas fassen."

„Der Kerl mutiert zum Massenmörder", stimmt er ihr zu, „Wo fangen wir an?"

Neben Marinas Büro befinden sich die Schneiderei in Zimmer 306 und der Aufenthaltsraum in Zimmer 304. Gegenüber sehen sie zwei Türen. An Zimmer 301 steht „Bibliothek", an Zimmer 302 „Computerraum". Ein kleiner Sitzungsraum quetscht sich in Zimmer 303 an die Schmalseite des Flurs.

Die Entscheidung wird ihnen abgenommen, denn soeben öffnet sich die Tür des Computerraums und eine dürre Frau in engen schwarzen Klamotten macht Anstalten, Marinas Büro zu betreten: „Darf ich?"

„Nein, dürfen Sie nicht. Frau Thießreiter wird gerade vom Notarzt behandelt."

„Oh dear", der britische Akzent der Frau ist selbst in diesen zwei Worten unüberhörbar, „Was ist passiert?"

„Das wissen wir noch nicht genau. Ballschuweit, Kriminalpolizei. Sie sind eine Kollegin?"

„Chloe Noble", sie blickt fassungslos zur Tür, „Kreatex und

Modellentwicklung.“ – „Frau Noble, ist außer Ihnen noch jemand im Computerraum?“

„Nein.“

„Haben Sie einen Mann mit einem hellgrauen Pferdeschwanz hier gesehen?“

„Nein.“

„Okay, wissen Sie etwas von einem Safe hier auf der Etage?“

„Nein, sorry. Was hat das mit Marina zu tun?“

„Sie erwähnte einen Safe, bevor sie das Bewusstsein verlor.“

„Fragen Sie doch Laura oder Emilie, die sind länger hier als ich.“

„Wo finden wir die beiden?“

„Dort“, sie zeigt auf den Sitzungsraum am Ende des Flurs und zieht sich wieder in den Computerraum zurück. Die Befragung der beiden Modedesignerinnen, die mit einer Studentin vor einem großen Sitzungstisch voller Entwurfskizzen stehen, verläuft jedoch ebenso ergebnislos.

Zurück auf dem Flur steuert Carl Erich zielstrebig Zimmer 304 an, den Aufenthaltsraum. Aneska ahnt Böses, aber als sie den hellerleuchteten Raum betreten, sitzt nur ein einzelner Mann an einem der weißen Tische. Fast hätte sie ihn gänzlich übersehen, denn er ist komplett in weiß gekleidet und hat so hellblondes Haar, dass es ebenfalls fast weiß wirkt. Er schlürft genüsslich aus einer dampfenden Teetasse, bevor er spricht: „Kann ich Ihnen helfen?“

„Ballschuweit, Kriminalpolizei. Sitzen Sie schon länger

hier?“

„Eine Viertelstunde vielleicht, wieso? Kriminalpolizei?“

„Haben Sie mitbekommen, ob nebenan im Zimmer von Frau Thießreiter irgendetwas Ungewöhnliches passiert ist?“

„Nein, war alles ruhig hier. Nur vor zwei Minuten ist irgendjemand mit schweren Schuhen hier durchgepoltert.“

„Das war der Notarzt.“

„Du meine Güte, ist was mit Marina?“

„Ja, sie wird gerade behandelt.“

„Ohgottohgott! Wie schrecklich!“, der Mann langt mit großen Augen in die Keksdose vor sich. Als er Aneskas Blick bemerkt, zuckt er mit den Schultern: „Wenn ich mich aufrege, brauche ich was Süßes. Wollen sie ein paar Kekse?“ Er schiebt Carl Erich die Dose hin. Der akzeptiert mit strahlenden Augen: „Danke, Herr …?“

„Frueh, aber nennen Sie mich gerne Justus. Ich mache hier Schmuck in Leder und Gummi.“

Carl Erichs Gaydar schlägt an, als er das Gurren in der Stimme des anderen hört: „Oje, ich krieg‘ ja schon die Krise, wenn ich wieder in die Einmalhandschuhe rein muss. Wenn ich eins nie werde, dann ein Gummifetischist.“

Der Schmuckdesigner seufzt gedehnt: „Wie schade.“

Aneska fährt rüde dazwischen: „Haben Sie einen Mann mit hellgrauem Pferdeschwanz hier gesehen?“

„Nein, tut mir Leid“, er hält ihr die Keksdose hin,
„Wollen Sie wirklich nicht auch einen …?“

„Herr Frueh, wissen Sie etwas über einen Safe hier auf der Etage? Frau Thießreiter sagte etwas darüber, bevor sie das Bewusstsein verlor.“

„Wir haben einen in der Bibliothek, aber keiner kennt den Code.“

„Na endlich einer, der sich auskennt. Wo genau ist der Safe?“

„Wenn Sie reinkommen, in der rechten Wand, im Regal zum Thema Schmuck. Deswegen kenne ich den so gut“, Justus wirft einen kessen Blick auf den kauenden Carl Erich. Aneska kann kaum glauben, mit welchem Tempo sich die Keksdose leert, hat er doch erst auf der Fahrt hierher den halben Tankstellen-Shop verschlungen. Sie denkt bei sich: „Na toll, mein Partner ist auf dem Fresstrip“, doch laut sagt sie: „Ballschuweit, wir müssen weiter!“ Als Carl Erich noch einen Keks greifen will, schlägt sie ihm klatschend auf die ausgestreckte Hand und komplementiert ihn dann zur Tür hinaus.

„Jonas hat nicht gefunden, was er suchte.“

„Aber Aneska, bis zum Eintreffen der Kollegen bleiben uns nur noch wenige Minuten, das schaffen wir doch niemals, den Code zu knacken.“

„Heul doch!“, abrupt bleibt Aneska stehen, zieht das Papier mit den Zeichnungen aus der Tasche, das sie bei Moorbekker mitgenommen hat, und drückt es ihrem verblüfften Kollegen in die Hand, „Ich gehe runter, fange die Kollegen ab und schicke sie in die anderen Etagen. Du gehst in die Bibliothek und lässt dir was einfallen. Los!“

22. Design-Schule Schwerin, Bergstraße 38, 1. Mai, 17:37 Uhr

Carl Erich beschließt, zuerst noch einmal in Marinas Büro zu sehen. Als er eintritt, blickt der eine Sanitäter auf und schüttelt den Kopf: „Exitus." Carl Erich seufzt und fischt aus seiner Jackentasche ein paar Einmalhandschuhe, die er sich mit einem kleinen Schaudern überzieht. Dann schaut er in Marinas Handtasche, merkt sich ihren Geburtstag, bevor er Personalausweis und Krankenkassenkarte an die Sanitäter weiterreicht. Bevor er sich dem Mülleimer widmet, dreht und wendet er ihn erst einmal hin und her, aber keine Spritze rollt ihm entgegen. Dafür entdeckt er einige Papiere mit Planungen zum zwanzigjährigen Bestehen der Designschule. Irgendetwas davon muss er doch für den Safe benutzen können. Er hofft, dass Marina nicht das Jahr ihrer Hochzeit meinte, denn unbemerkt den Ring von ihrem Finger zu ziehen ist im Moment natürlich unmöglich. Dann hastet er über den Flur.

In der kleinen Bibliothek riecht es nicht unangenehm nach Papier und Leder. Einige Studierende stehen zwischen den Regalen, gucken kurz zu ihm rüber, reagieren aber nicht weiter, als Carl Erich zu dem Regal mit dem Thema Schmuck entlang der rechten Wand geht. So leise wie möglich beginnt er, hinter die Bücher zu blicken, indem er sie eins nach dem anderen etwas ankippt.

„Weiter unten", ein weißer Schatten ist in seinem

Augenwinkel aufgetaucht.

„Aah!“, kreischt Carl Erich, doch als er herumfährt sieht er Justus Frueh neben sich.

„Der Safe ist da unten“, Justus zeigt auf ein Regalbrett knapp über dem Boden.

Carl Erich nimmt die Bücher heraus und sieht vor sich ein gewöhnliches elektronisches Kombinationsschloss aus Tastaturfeld und Drehgriff wie man es aus Hotels kennt. „Vier Ziffern ... au“, eine Schmerzwelle fährt durch seinen Arm. Er kann sich plötzlich nicht mehr an die Zahlen erinnern, die er vor weniger als fünf Minuten erst memoriert hat. „Ach verdammt“, knirscht er, „wenn’s weiter nichts ist, sind ja nur zehntausend Möglichkeiten.“

Justus Frueh ist irritiert: „Die wollen Sie jetzt aber nicht alle durchprobieren, oder?“

In diesem Augenblick kommt Aneska in die Bibliothek und sieht Carl Erich stöhnend vor dem Regal knien: „Ballschuweit, was ist?“ Carl Erich winkt müde ab. Er atmet mehrmals tief durch und kann sich endlich wieder an die Zahlen erinnern. Beim Gründungsjahr hat er Glück. Das Schloss klickt und die Tresortür öffnet sich: „Echt jetzt? Dass das noch keiner probiert hat!“

„Egal“, Aneska bedeutet ihm, die Tresortür etwas weiter zu öffnen: „Oh bitte, nicht noch eine!“ Eine Dibbuk-Box mit rotem Kerzenwachs drumherum kommt zum Vorschein.

„Was ist das denn?“, Schmuckdesigner Frueh guckt ihnen neugierig über die Schulter.

„Etwas, das wir jetzt der Spurensicherung übergeben werden“, Carl Erich nimmt die Box vorsichtig mit den immer noch behandschuhten Händen heraus, „Herr Frueh, würden Sie bitte dafür sorgen, dass meine Kollegin und ich hier einen Moment ungestört sind?“ Der Mann in Weiß nickt eifrig und postiert sich am Ende der Regalreihe.

Aneska kratzt mit dem Fingernagel etwas auf dem Deckel herum und flüstert, als sich ihre unausgesprochene These bestätigt: „Und ... ja, hier ist wieder dieser blöde Baum. Da, drei Äste, diese Truhe muss Marina gehören.“ Während Carl Erich das Papier mit den Tattoo-Motiven aus der Jackentasche zieht und danebenhält, um es mit dem Bild auf der Kiste abzugleichen, hört sie, wie darin ein kleiner Gegenstand zur Seite rollt: „Und es ist auch hier etwas drin. Jonas hat also nach ihrer Kiste gesucht. Und als Marina ihm nicht verraten wollte, wo sie ist, hat er ihr Gift in die Lippe gespritzt. Ist der Kerl einfach nur verrückt oder hauptberuflich Sadist?“

„Keine Ahnung“, Carl Erich dreht die Truhe versonnen hin und her, lauscht auf das kullernde Geräusch darin, „Aber ich weiß jetzt, was ich will. Ich muss nochmal nach Polen.“

„Was? Wieso?“

„Zum einen, weil ich hoffe, dass dort endlich meine Erinnerung wieder zurückkommt. Ich kann mich immer noch nicht an alles erinnern. Zum anderen …“, er seufzt schwer, „ ... hat es dort angefangen und ich habe so ein Gefühl, dass es dort auch enden muss.“

„Was meinst du damit?“

„Ich habe das Gefühl, dass Jonas jetzt mir folgen wird. Jetzt, wo alle anderen Tätowierten tot sind.“

23. Auf der L266,
2. Mai, 10:12 Uhr

Natürlich haben sie Marinas Dibbuk-Kiste nicht der Spurensicherung übergeben. Mit den drei kleinen Kisten sowie Klamotten für eine Übernachtung im Gepäck haben sie sich am Morgen in Aneskas MINI Cooper auf den Weg nach Polen gemacht.

„Himmel, Arsch und Wolkenbruch, Ballschuweit, kannst du mal stillsitzen?"

„Ich brauch nur was aus meinem Rucksack", tönt es dumpf von irgendwo zwischen Beifahrersitz und Rückbank, wo sich Carl Erich völlig verdreht darum bemüht, den Reißverschluss der kleinen Vordertasche aufzuziehen. „Hab's!", als er sich ächzend zurückgefädelt hat, hält Carl Erich einen Flyer der Adler-Ausflugsschiffe in der Hand: „Wir hätten als Tarnung auch einen Ausflug zum Leuchtturm und zum Fort Gerhard machen können."

„Hä?"

„Na, nach unserer Fortbildung in Ahlbeck. Ich hab' diesen Flyer in meiner Kulturtasche gefunden."

„Du glaubst allen Ernstes, du hättest mich nach diesem strunzlangweiligen Fortbildungsblabla auch noch auf einen Touri-Ausflugsdampfer zwingen können? Was träumst du nachts?"

„Nein, nein, es gibt einen Schiffsausflug direkt ins Stadtzentrum Swinemünde."

Ihr „Toll“ trieft nur so vor Ironie.

„Och, du“, Carl Erich ist wieder voll in seinem Element, „in Swinemünde gibt’s einiges an Sehenswürdigkeiten: Promenade, Kurpark, historische Bäderarchitektur und natürlich den Leuchtturm und die Festungsbauwerke daneben.“ Gekonnt ignoriert er ihr Aufseufzen. „Also dieses Fort Gerhard ist schon irgendwie interessant. Hihi, die haben da Tourguides, die laufen noch in historischen Kostümen durch die Gegend. Guck mal!“ Er hält ihr den Flyer vor die Nase, den sie mit einem derben Fluch und einer heftigen Handbewegung aus ihrem Gesichtsfeld wischt. „Aua, musst du immer gleich zuschlagen? Der richtige Name ist übrigens Ostfort oder Werk II.“

„Es gibt mehrere davon?“, sie bereut die Frage sofort.

„Während des Dreißigjährigen Krieges …“

„NEIN, Ballschuweit, du kommst mir jetzt nicht mit Sachen von Anno Dutz!“

„Siebzehntes Jahrhundert, meine Guteste. Aber okay, du wolltest ja nur wissen, wie viele. Also, die Festungsanlage besteht insgesamt aus dem Werk 1, das allerdings in den 1970er Jahren bei der Erweiterung des Hafens abgerissen wurde.“

„Wie schade.“

„Dann ebenfalls am Ostufer der Swine das Werk 2, auch Ostfort oder Fort Gerhard genannt.“

„Gerhard? Das klingt zu Deutsch um wahr zu sein.“

„Fort Gerhard wurde zuerst nur für den Kreisbeschuss genutzt und dann ausgebaut, um die Swine-Einfahrt zu schützen. Außerdem haben wir da noch am Westufer das Werk 3, die sogenannte Engelsburg – nicht zu verwechseln mit der im Vatikan, wenngleich sie ebenfalls in Form eines Fünfecks angelegt ist …"

„Würde ich mir nie anmaßen."

„… und zum Schluss wäre da noch Werk 4, das Westford, ebenfalls am Westufer."

„Wann liest du das eigentlich alles? Schläfst du jemals?"

Er schluckt schwer und schweigt. Sie kann im Moment sehr gut damit leben, denn sie sind fast da und sie muss sich jetzt darauf konzentrieren, den Weg zum Leuchtturm zu finden. Ihr Navi ist keine Hilfe, denn ausgerechnet hier zeigt es nur eine ausgedehnte weiße Fläche. Ihr Fluchen bringt wieder Leben in ihren bildungshungrigen Kollegen, der zwar etwas mehr Glück mit der Handysuche auf Google Earth hat, aber nicht viel: „Gute Güte, ist das kompliziert."

„Dann bring's mir schonend bei, wir sind gleich an der Stadtgrenze."

„Ooookay, also wir müssen jetzt leider doch noch aufs Wasser. Aber nur kurz, mit der Autofähre über die Swine. Vom Anleger sind es dann nur noch fünf Kilometer."

„Katzensprung."

„Eben", er strahlt sie an.

„Du zahlst!"

„Ich hab' keine Zloty. Nehmen die auch EC-Karten?"

„Die nehmen alles", mit dieser Prophezeiung soll sie Recht behalten, denn weniger als eine halbe Stunde später rauschen sie auf der Fähre dem Ostufer entgegen. Das Wetter könnte aprilhafter nicht sein. Strahlend blauer Himmel mit einigen weißen Wattewölkchen, leichter Wind und milde Temperaturen in der einen Minute, dunkelgraue Wolkenberge und kalte Windböen in der nächsten. Kaum rollen sie an Land, geht es heiter vom Beifahrersitz weiter: „Wir müssen jetzt den Schienen folgen."

„Das hier ist ein Auto."

„Fahr einfach da in die Straße rein."

„Weg von der Landstraße?", argwöhnt Aneska, „Übrigens, da vorne ist der Übergang gesperrt."

Ihr Partner bleibt Optimist: „Dann nehmen wir eben den nächsten."

„Verdammt, ich kann den Leuchtturm sehen, aber ich komme nicht in die Richtung."

„Sollen wir da vorne durch den Wald?"

„Über die Buckelpiste? Bist du irre? Da! Da, auf dem Straßenschild: Latarnia Morska Świnoujście", Aneska setzt freudig den Blinker. Einiger hundert Meter weiter hat sie erneut Grund zur Freude: „Freie Parkplätze, keine Parkgebühren, fantastisch."

Während sie vom Parkplatz zum Turm marschieren, sinniert Carl Erich: „Erstaunlich ruhig hier, obwohl es mitten in einem Industriegebiet ist."

„Auch hier ist Samstag."

„Ist doch aber ein Arbeitstag."

Bevor Aneska zu einer schnippischen Antwort ansetzen

kann, sind sie beim Leuchtturm angekommen: „Ey, hier sind ja noch mal Parkplätze. Ballschuweit, du hattest doch die ganze Zeit das Handy vor der Nase. Hättest du mir das nicht sagen können?"

„Aber ich kann doch kein Polnisch und als du sagtest, dass man da vorne kostenlos parken kann, dachte ich, das sei gut", er sieht sich um, „Oh, da sind ja noch andere Autos mit deutschen Kennzeichen."

„Weißt du, wohin ich dir die Kennzeichen gerne …?", Aneska grummelt aber nur noch ein paar Schritte weit, dann legt sie den Kopf in den Nacken und schaut zur Turmspitze, „Definitiv höher als der auf dem Darß."

„65 Meter", kommt es dumpf von Carl Erich.

„Was ist los mit dir?", staunt Aneska, „Das war das Stichwort zu deinem Vortrag über Bauzeit, Treppenstufen und sonstige Superlative."

„Ist tatsächlich der höchste Leuchtturm an der Ostsee", brummt Carl Erich, „Vielleicht sogar der höchste Backsteinleuchtturm der Welt."

„Na bitte, und wieso muss ich erst nachfragen? Bist du krank?"

„Ja, vermaledeit nochmal, das bin ich wirklich!", platzt es heftig aus ihm heraus.

„Tut mir Leid", Aneska hat die Hand vor den Mund geschlagen. Sie berührt ihn am Arm, aber er schüttelt sie heftig ab.

„Sollen wir reingehen?", Aneska hat jetzt beide Hände in den Jackentaschen und wippt unentschlossen auf den Füßen.

Sie liest das Schild am Eingang: „Muzeum Latarnictwa i Ratownictwa Morskiego. Da drin ist das Museum für Leuchtturmwesen und Meeresrettung."

„Weiß nicht", Carl Erich hebt nur schwermütig die Schultern, schaudert dann leicht, als der altbekannte Schmerz durch seine Oberarm sticht, „Ich bin ja hier draußen aufgewacht. Außerdem bezweifle ich, dass die mich retten können."

„Keine Angst", versucht sie es erneut, „Wir sind zwei gegen einen. Jonas ist allein."

„Ja, und er hat auch schon im Alleingang drei Morde begangen." Als Aneska schweigt zeigt Carl Erich auf die linke Bank: „Da hab' ich gelegen."

„Wie süß!" Aneskas Ausruf lässt ihn irritiert herumfahren. Da sieht er den Grund für ihr Entzücken: Eine Katzenfamilie tummelt sich zwischen den Ankern und Schiffsschrauben auf dem Rasen zur Rechten. Vier kunterbunte junge Katzen balgen maunzend miteinander. Als die braun-gescheckte Katzenmutter gemächlich über den Gehweg trottet, purzeln und hopsen die Kitten ihr fröhlich hinterher, Aneska im Schlepptau: „Na, was macht ihr denn da? Ist das eurer Kratzbaum?"

Carl Erich wird nicht wirklich schlau aus seiner Partnerin und dreht sich vollends um die eigene Achse. Hinter ihnen liegt ein altes, verwittertes Ruderboot auf zwei Steinklötzen aufgebockt. Was die Katzenfamilie damit veranstaltet, ist jedoch kurios. Obwohl es ihnen ein Leichtes wäre, hinein zu hüpfen, schnuppern sie nur am Kiel, umkreisen dabei unablässig alle fünf das Boot, wobei sie fauchen, maunzen und vor allem immer wieder ihre Krallen ins Holz schlagen. Die beiden Kripobeamten verfolgen unterschiedlich fasziniert das Geschehen. Als Carl Erich sein Handy zückt, tut Aneska es ihm gleich: „Gute Idee, das muss ich auch filmen."

Doch Carl Erich filmt nicht. Nach einer Minute räuspert er sich: „Aneska?"

„Was?"

„Hör dir das an: Hunde, die an bestimmten Stellen auf einem Grundstück knurren und bellen und Katzen, die in einen bestimmten Bereich ziehen oder suchen, als ob jemand anwesend wäre, können auf einen Spuk hindeuten."

„Hm?", Aneska hat gar nicht richtig zugehört.

Carl Erich wird lauter: „Tiere hören Frequenzen, die wir nicht wahrnehmen und sehen andere Bereiche des Farbspektrums. Besonders Katzen gelten als glaubwürdige, paranormale Barometer."

Sie lässt abrupt ihr Handy sinken: „Ballschuweit, hast du eigentlich noch eine eigene Meinung? Noch mehr von diesem Schwachsinn und ich schmeiß dein Handy ins Hafenbecken!"

Der kontert verschnupft: „Erstens ist das zu weit weg und zweitens solltest du mich langsam wirklich besser kennen. Das hier", er tippt auf den Handybildschirm, „bedeutet, dass Tiere nicht irrational reagieren und sich nicht ohne Grund fürchten."

„Aber die fürchten sich doch gar nicht."

„Katzen fauchen aber nicht aus Freude."

„Pfff!", Aneska hockt sich vor das Fischerboot und spielt mit den Katzenkindern. Plötzlich springt die Katzenmutter mit einem gewaltigen Satz aus dem Stand in das Boot: „Wow!" Das Tier steht mit hochgerecktem Buckel und faucht etwas an, dass unter der Ruderbank im Dunkeln verborgen liegt.

„Da ist was", Carl Erich bückt sich über den Rand und späht ebenfalls unter die Ruderbank. Im nächsten Moment stößt er einen überraschten Laut aus und greift blitzschnell ins Dunkel. Als er ihn wieder herauszieht, klappt Aneska die Kinnlade herunter: „Ach du grüne Scheiße!"

„Nee, Wachs", Carl Erich hebelt vorsichtig mit dem Fingernagel kleine Stückchen des grünen Wachses ab, mit dem die Dibbuk-Box versiegelt ist, die tief unter der Bank lag. Auf dem Deckel ist wieder ein Bild Yggdrasils aufgemalt: „Das sieht so aus wie ... Das sind fünf Äste. Das ist MEINE Kiste!"

„Wie kommt die hierher?"

„Weiß nicht … Doch! Als ich Moorbekker hier traf, hatte er so eine schmuddelige Jutetasche über der Schulter. Wahrscheinlich war die Kiste da drin."

„Und er hat sie ausgerechnet hier versteckt? Da kommt doch jeder ran", Aneska klingt zweifelnd.

„Tja, in den letzten zwei Wochen jedenfalls nicht", Carl Erich fühlt eine schmerzende Gänsehaut auf seinen Armen, blickt auf den Kasten in seiner Hand, ohne ihn richtig zu sehen, „Er muss das gemacht haben, nachdem ich ins Krankenhaus abtransportiert worden bin. Diese Stelle hier hat eine besondere Bedeutung für mich. Hier bin ich aufgewacht. Hier liegt meine Kiste. Ich wusste, dass ich noch einmal zurückkommen muss."

„Was kann da drin sein, das mit dir zu tun hat?"

Er rüttelt vorsichtig an der Kiste, dann bilden sich tiefe Falten auf seiner Stirn: „Die ist irgendwie schwerer als die anderen Kisten und der Gegenstand rollt auch nicht, sondern rutscht mehr so hin und her.“ Er dreht und wendet die Kiste, schiebt den Fingernagel in den Spalt unter dem Deckel.

„Ich denke, man darf eine Dibbuk-Box nicht öffnen?“

Carl Erich nimmt den Finger schnell wieder weg: „Ich schätze, sie geht sowieso nicht auf, solange ich noch am Leben bin.“

„Hey, sowas darfst du nicht mal denken!“

„Schon gut“, Carl Erich blickt mit einem traurigen Lächeln auf sie herunter, „Jetzt haben wir vier Kisten: Moorbekkers, Isabelles, Marinas und meine. Gibst du mir deine Schlüssel? Ich bringe die hier kurz ins Auto. Mir ist lieber, sie ist eingeschlossen.“

24. Leuchtturm, Swinemünde, 2. Mai, 11:03 Uhr

Als er weg ist, geht Aneska in die Hocke und will weiter mit den Katzenkindern zu spielen, aber die Katzenmutter ist inzwischen aus dem Boot gesprungen und hat begonnen, ihre Kitten einer gründlichen Katzenwäsche zu unterziehen. Daher richtet sich die tierliebe Kriminalbeamtin wieder auf, reckt sich und besieht sich die Umgebung des Leuchtturms.

Nur wenige Schritte weiter steht sie an derselben Stelle hinter dem Zaun wie Carl Erich, als er die Tablette von Moorbekker erhielt. Geradeaus sieht sie über die Swine hinüber zu einem kleinen Hafenbecken voller Jachten. Ein scharfer Windstoß trifft sie von links. Sie blinzelt dorthin und erblickt in einiger Entfernung ebenfalls ein rechteckiges Hafenbecken, jedoch viel größer als das gegenüber, dahinter drei Entladekräne, von denen sich der vorderste eben über einen Binnenfrachter hermacht. Der Wind kräuselt das glitzernde Wasser, sie beobachtet die rasenden Wolken am Himmel und die schreienden Möwen. Irgendwo rumoren Maschinen und man hört das Piepen eines Gabelstaplers im Rückwärtsgang. „Wo bleibt Carl Erich?“, denkt sie eben bei sich, als der auf der anderen Seite des Zaunes sichtbar wird. Er läuft gut sechzig Meter entfernt am Rand der Mole entlang, Tendenz steigend, denn er bewegt sich rasch von ihr weg hin zur Swine.

Sie brüllt „BALLSCHUWEIT!“, doch er reagiert nicht, sondern läuft eilig weiter. „Was macht der Kerl da? Wie ist er da reingekommen?“, ihr Partner erstaunt sie immer wieder. Doch auf das, was sie jetzt sieht, ist sie nicht vorbereitet.

Carl Erich bleibt an der Ecke des Hafenbeckens stehen, zieht etwas aus seiner Jackentasche und führt den Arm zum Kopf. Sie hört einen Schuss, sieht seinen Körper schlagartig erschlaffen und ins Wasser fallen.

„NEEEIIIN! Carl Erich! Carl Erich!” brüllend springt Aneska an dem Maschendrahtzaun empor. Sie kommt nicht darüber, obwohl sie es wie rasend versucht. Nun rennt sie am Zaun entlang, stürzt, schlägt sich das Knie auf und zerschneidet ihre Handflächen an scharfkantigen Steinen. Sie brüllt die ganze Zeit seinen Namen, bis ihr sich alles dreht. Da klammert sie sich keuchend an den Zaun, blickt hektisch um sich. Kein Mensch zu sehen.

Über sich hört sie Stimmen, blinzelt geblendet nach oben.

Da sind Leute oben auf der Plattform des Leuchtturms, die winken und irgendetwas zu ihr herunterrufen, aber sie versteht sie nicht. Sie sind zu weit weg.

Aneska schaut zurück zu der Stelle, an der Carl Erich eben noch stand. Da steht wieder einer. Ein dunkel gekleideter Mann mit halblangem, grauen Haar. Jonas? Sie kann sein Gesicht nicht erkennen. Er beugt sich leicht vor, blickt suchend ins Wasser.

„Du Schwein!“, Aneska versucht wieder, an dem Maschendrahtzaun empor zu klettern, fällt aber sofort wieder herunter, weil sie nirgends Halt findet.

Pure Verzweiflung pulsiert in ihrem Körper. „Carl Erich!“ Der Lärm eines startenden Lasters übertönt ihre Rufe. „JONAS!“ Der Mann sieht für eine Sekunde über seine Schulter zu ihr herüber und rennt weg.

Aneska jagt den Weg zurück um den Leuchtturm herum, ihm entgegen. Ihr Blickfeld ist verengt durch einen roten Nebel aus Zorn. Aber als sie hinter dem Cateringzelt um die Hausecke biegt, sieht sie, wie der Grauhaarige eben dreißig Meter von ihr entfernt über die Straße rennt und links auf einem Weg zwischen den Bäumen verschwindet. Soll sie ihm hinterher oder rechts zum Hafenbecken?

Hier an der Hausecke ist der Zaun nur etwas mehr als hüfthoch, hier kann sie drübersetzen. Unter den schrägen Transportbändern gelangt sie auf ein Firmengelände mit mehreren riesigen Tanks. Über ihrem Kopf ein Gewirr von Leitungen, deren Stelzen wie ein Wald aus Metall vor ihr stehen. Sie hastet zum Wasser.

Auf der Mole stehend sucht sie schwer atmend das Wasser ab. Keine Menschenseele ist auf dem Firmengelände zu sehen, kein Boot kommt vorbei. Selbst die Möwen sind verschwunden.

„Carl Erich!“, sie schreit immer wieder verzweifelt seinen Namen. Plötzlich sieht sie etwas im grünen Wasser schimmern, will schon springen, da erkennt sie, dass es nur eine Plastiktüte ist. Sie läuft mit der Strömung nach rechts bis zu einem haushohen, knallgelben Verladekran. Da merkt sie, dass ihr die Knie weich werden, humpelt zu einem Betonklotz und lässt sich darauf fallen. Erst jetzt erfasst sie ihre zerrissene Hose sowie das Blut an Knien und Handflächen. Schlagartig setzt der Schmerz ein.

„Ist denn hier keiner, der mir helfen kann?“, ihre Stimme scheint ihr nicht mehr gehorchen zu wollen. So piepsig und schwach hat sie noch nie geklungen.

Ein Vibrieren in ihrer Jackentasche erinnert sie daran, dass dort ihr Handy steckt. Auf dem Display entdeckt sie jedoch nur die Benachrichtigung über den Eingang einer Mail von Doktor Loewe. Sie erschauert, dass der Forensiker ihr ausgerechnet jetzt schreibt.

Obwohl sie weiß, dass es Schwachsinn ist, drückt sie die Kurzwahl für Carl Erichs Nummer. Es klingelt ein paar Mal, dann hört sie die automatische Ansage: „Der Teilnehmer ist momentan nicht erreichbar. Bitte hinterlassen Sie eine Nachricht.“

Aneska spricht schluchzend auf die Mailbox: „Verzeih mir, ich hätte dich nicht allein lassen sollen.“

25. Leuchtturm, Swinemünde, 2. Mai, 11:31 Uhr

Humpelnd erreicht Aneska abermals den Leuchtturm, aber sie fühlt und hört alles nur noch wie durch Watte. Tränen verschleiern ihre Sicht. Als sie sich über den niedrigen Zaun schwingt, muss sie die Zähne zusammenbeißen, um nicht laut aufzuschreien.

Links sieht sie ein paar Leute aus dem Leuchtturmgebäude herauskommen und murmelt: „Ihr könnt mir auch nicht mehr helfen." Außerdem ist Jonas in den Waldweg gegenüber eingebogen und genau das tut sie jetzt auch.

Nach wenigen Metern sieht sie das Hinweisschild an der Abbiegung zum Fort Gerhard. „Muzeum Obrony Wybrzeża", Küstenverteidigungsmuseum liest sie darauf. Was will der Mistkerl dort?

Überhaupt, was macht Jonas hier in Polen? Ist er ihnen tatsächlich nachgefahren? Sie kann sich nicht erinnern, ob ihnen ein Auto gefolgt ist, hat aber ehrlich gesagt auch gar nicht darauf geachtet, weil es so kompliziert war, den Leuchtturm zu erreichen. Auf dem Parkplatz vor dem Turm stehen drei Autos mit deutschem Kennzeichen. Nein, so kommt sie nicht weiter.

Ein plötzlicher Regenschauer fällt auf Aneska nieder, aber sie spürt die Tropfen kaum. Sie eilt durch den Wald und erreicht das Fort. Als sie eben den Wassergraben überquert, kommt ihr ein älteres Ehepaar unter einem Schirm entgegen. Die beiden blicken sie irritiert an, als sie sie nach einem grauhaarigen Mann fragt. Nein, sie hätten niemanden gesehen.

„Oh Gott, ist das groß!“ Vor ihr wächst ein zweistöckiges Backsteingebäude aus dem Boden. Paarweise blicken ihr dunkle Fenster entgegen. Über dem Eingangsportal blinkt weiß eine Überwachungskamera. Das runde Dach ist dicht mit Gras bewachsen. Der ausgedehnte Bau erstreckt sich links und rechts über etliche Meter. Weit hinten an den Seiten wird die Anlage von ebenfalls grasbewachsenen Dämmen umschlungen. Eine Informationstafel zu ihrer Linken zeigt ihr, dass überall verstreut noch etliche Gebäude unter ihren Grasmützen schlummern: Munitionsbunker, Kasernenbauten und viele, viele mehr.

„Pomóc Pani?“, der alte Mann deutet auf ihre zerrissene Hose, bietet ihr Hilfe an, die sie aber zerstreut ablehnt.

Da sie nicht annimmt, dass sich Jonas im Museum versteckt, wendet sie sich zuerst nach rechts, steht aber am Ende des langen Hauses vor einem massiven Graswall. Also geht sie links herum, sieht dort aber vor sich nur dutzende von großen und kleinen Hügeln, unter denen sich Gottweißwas verbirgt. Hier findet sie Jonas niemals alleine. Sie braucht Verstärkung.

Aneska atmet einmal tief durch, dann wählt sie die 997. Wahrscheinlich hat jemand oben auf dem Leuchtturm dies eh schon getan, aber sie weiß, dass sie nun die polnische Polizei alarmieren muss. Der Kollege sichert ihr zu, es werde bald jemand eintreffen.

26. Leuchtturm, Swinemünde, 2. Mai, 11:53 Uhr

Während des Telefonats ist sie zurück zur Straße gelaufen und sieht ihren roten MINI schon von weitem. Sie ist noch gut fünfundzwanzig Meter entfernt, als ihr Wagen plötzlich anfängt zu blinken und zu hupen. Aneska erschrickt fast zu Tode. Die Schlüssel hat Carl Erich, sie kann also nichts tun, steht hilflos daneben. Nach einer Minute schaltet sich die Alarmanlage wieder ab. Gerade rechtzeitig, denn schon wieder knallen ihr schwere Regentropfen auf die Schultern. Missmutig sieht sich Aneska um, dann stapft sie Richtung Leuchtturm.

Das Catering-Zelt am Fuße des Turms ist menschenleer. Aneska bleibt kurz hinter der Türöffnung stehen, beobachtet den Himmel und die Straße und hofft, bald ein Polizeiauto zu sehen. Nach einigen Minuten setzt sie sich auf eine Bank und schließt erschöpft die Augen. Sie schrickt hoch, als sie plötzlich die besorgte Stimme eines Mannes hört, der sie auf Polnisch anspricht: „Wyglądasz na mocno wyczerpaną. Du siehst wirklich fertig aus. Hier, trink einen Kaffee. Ja stawiam. Geht aufs Haus." Vor sich sieht sie eine rot-weiße Schürze mit dem Logo des Imbisszeltes vor dem Leuchtturm „Pod Latarnią" und darüber ein passendes Basecap. Kurz überkommt Aneska ein Gefühl von Déjà-vu. Sie muss daran denken, wie der charmante Polizeichef in Prerow ihr einen Tee reichte, der mit K.O.-Tropfen versetzt war. Als er ihr Zögern bemerkt, hebt der Mann beschwichtigend die Hand und tritt einen Schritt zurück: „Hey, ich wollte dir nur etwas Gutes tun." Aneska schüttelt sich und fährt mit der Zunge über ihre trockenen Lippen: „Nein, nein, schon okay. Bardzo dziękuję! Vielen Dank!“ Sie nimmt den Becher, trinkt und fühlt, wie sich wohlige Wärme in ihrem Magen breitmacht. Als sie den halbleeren Becher absetzen will, sieht sie dem Mann zum ersten Mal richtig in die Augen und bekommt einen riesigen Schreck, denn sie meint diese Augen zu kennen, auch wenn der Rest des Gesichts total anders aussieht. Der Becher zerspringt mit einem Klirren am Boden und der Kaffee spritzt in alle Richtungen.

Im nächsten Moment hastet sie über die Straße. Weg, nur weg! Weg von diesem Mann! Ihr Fluchtreflex treibt sie. Schon ist sie bei ihrem Auto angekommen, reißt am Türgriff, auch wenn sie weiß, dass es Unsinn ist. Ein hektischer Blick über die Schulter. Kommt er?

Sie reißt wieder am Griff und plötzlich öffnet sich die Tür. Aneska springt hinters Steuer, schlägt die Tür zu und drückt mehrmals hektisch auf den Knauf der Verriegelung. Plötzlich verkrampft sich ihr ganzer Körper. Sie liegt quer über den Vordersitzen. Ihr Atem geht stoßweise, laut und hektisch. „Carl Erich, wo bist du?“, ist ihr letzter Gedanke. Rote Punkte tanzen vor ihren Augen, dann wird alles schwarz. Sie hört nicht mehr, wie die Autotür geöffnet wird.

27. Leuchtturm, Swinemünde, 2. Mai, 12:52 Uhr

Aneska wacht in ihrem Auto wieder auf. Sie liegt auf dem Rücken auf dem zurückgeklappten Fahrersitz. Ihr ist kalt und dermaßen schwindelig, dass sie sich zuerst gar nicht erheben kann. Als sie sich dann doch mit der Hand am Türgriff hochzieht, spannt die Haut auf ihrem Bauch schmerzhaft: „Was zum …? Au!“, Aneska schaut unter ihr Hemd und erschaudert: Yggdrasil mit sechs Ästen ist ihr rund um den Nabel tätowiert worden. Das Tattoo ist noch ganz frisch, aber schlampig ausgeführt. Es blutet stark und überall ist überschüssige Farbe verschmiert. Ihre Kleidung ist ebenfalls völlig besudelt.

„Nein, nein, nein! Verdammt! Warum?“, Tränen laufen über ihr Gesicht. Sie ahnt, was geschehen ist: „Das muss Jonas gewesen sein. Carl Erich ist tot. Jetzt soll ich an seiner Stelle ... Nein, niemals! Nicht mit mir! Ich kriege diesen Scheißkerl.“ Die Wut vertreibt ihre Angst, wenn auch nicht den Schmerz. Sie merkt, dass sie viel zu schnell atmet und zwingt sich zur Ruhe. Sie sieht, dass ihr Fenster einen Spalt weit offen steht, hier hat also jemand dafür gesorgt, dass sie bequem liegt und Luft kriegt.

Als sie jedoch kurz darauf auf ihr Handy schaut, um die Uhrzeit abzulesen, ist die Ruhe sofort wieder weg. Fast eine Stunde ist vergangen! Im nächsten Moment lässt sie das Gerät fast fallen, als es plärrend zu läuten beginnt. Sie schaut gar nicht richtig hin und drückt den Anrufer mit einem Aufschrei weg. Sofort schilt sie sich selbst: „Dumme Kuh, das waren die polnischen Kollegen."

Dann stutzt sie. Wieso zum Teufel rufen die an? Die müssten doch längst hier sein. Sind sie etwa schon wieder weggefahren? Haben sie sie denn nicht im Wagen liegen sehen? Sie verflucht erneut die Tatsache, dass sie nicht direkt am Leuchtturm geparkt hat.

Mit schmerzverzerrtem Gesicht steigt sie aus und geht um das Auto herum, nur um festzustellen, dass der Kofferraum noch immer verschlossen ist. Also klettert sie ächzend auf die Hinterbank und klappt eine Rücklehne nach vorn, um im Kofferraum nachzusehen, ob die Dibbuk-Boxen weg sind. Ein Seufzer der Erleichterung entfährt ihr, als sie sieht, dass alle vier Boxen noch da und die Siegel intakt sind. Sie angelt sich die Erste-Hilfe-Tasche aus der Seitenwand des Kofferraums und verbindet ihren Bauch notdürftig. Zum Glück findet sie im Handschuhfach auch noch eine Packung Paracetamol. Sie würgt eine herunter, denn sie hat nichts zu trinken im Wagen, steckt die Packung in die Jackentasche und zieht ihr Handy wieder heraus. Im Anruferverzeichnis sucht sie die letzte Nummer und drückt auf Wählen. Als sich die polnischen Kollegen melden, erfährt sie, dass diese wegen einer Massenschlägerei in der Swinemünder Altstadt gerade keinen Mann entbehren können, sich aber so bald wie möglich zu ihr auf den Weg machen werden. Fast erleichtert dankt Aneska dem Beamten und verabredet einen Treffpunkt am Fort Gerhard.

Der Regen hat zwar aufgehört, aber die Sonne lugt nur sekundenweise hinter den Wolken hervor. Es ist kühler geworden und so zieht sie den Reißverschluss ihrer Jacke zu und gleichzeitig scharf die Luft durch die Zähne, als das wunde Fleisch auf ihrem Bauch einen stechenden Schmerz bis unter die Kopfhaut sendet. „Das ist doch nicht normal, dass das so weh tut“, schießt es ihr durch den Kopf. Sie denkt an Carl Erichs Martyrium und kann nur hoffen, dass die Tablette bald wirkt.

28. Fort Gerhard, Swinemünde, 2. Mai, 13:06 Uhr

Aneska drückt mehrmals erfolglos gegen die Tür, als plötzlich eine deutsche Männerstimme hinter ihr erklingt: „Sie müssen ziehen.“

„Danke, meine nächste Idee wäre eine Sprengung gewesen“, Aneska dreht sich um und ihr bleibt der Mund offen. Vor ihr stehen die vier Geisterjäger a.k.a. paranormalen Ermittler, die sie zuletzt in Rostock sah. „Was machen Sie denn hier?“

„Wir ermitteln“, Schollmeyers Augen blitzen, „Dieses Fort ist berühmt für seine lange Geschichte. Hier haben viele Männer gekämpft, deren Geister noch da sind.“

„Na klar“, Aneska dreht sich weg, damit er nicht sieht, wie sie mit den Augen rollt und zieht die Tür auf. Nach dem Eintreten steht sie schon mitten in einer Ausstellung. Runde rote Gewölbedecken aus Klinker ruhen auf etlichen dicken Säulen, zwischen denen sich eine Menge Schaufensterpuppen in Uniformen tummeln. Aneska erkennt königlich preußische Soldaten, Wehrmacht zu Land und zur See sowie natürlich die Rote Armee. Doch die Puppen sind nur halb so unheimlich wie die Waffensammlung zu deren Dekoration sie dienen.

„Das hier ist etwas völlig anderes als die Katakomben in Rostock“, hört sie jetzt auch Siggi, „Hier hat Krieg stattgefunden. Hier sind Menschen verwundet worden oder sogar gestorben. Gewaltsam gestorben, das ist wichtig."

„Das ist grauenhaft."

„Eben, wer eines grauenhaften Todes stirbt, dessen Seele kann oft nicht fort."

Aneska seufzt nur. Die paranormalen Ermittler zeigen dem Angestellten am Eingang der Ausstellung eine E-Mail vor, dass sie die Erlaubnis bekommen haben, um dort mit ihren Gerätschaften zu arbeiten. Aneska sieht mit Genugtuung, dass sie trotzdem Eintritt bezahlen müssen.

Schollmeyer drückt ihr schmunzelnd ein Ticket in die Hand: „Geht aufs Haus." Aneska zieht scharf die Luft ein, als sie die gleiche Formulierung wieder hört, die Jonas benutzte, als er ihr den präparierten Kaffee reichte. Schollmeyer missversteht dies als Zeichen von Emanzipation: „Bitte nicht aufregen, ich will Ihnen doch nur zeigen, dass unsere Arbeit sehr wohl wissenschaftliche Maßstäbe hat."

Danni und Gabi gehen nun vor und beginnen, an verschiedenen Ecken der Ausstellung Kameras zu installieren. Schollmeyer und Siggi sind bei Aneska am Eingang stehen geblieben: „So ein riesengroßer Zufall ist es gar nicht, dass wir uns hier treffen. Wir reisen regelmäßig nach Polen. Hier gibt es einige Orte, an denen man todsicher auf paranormale Phänomene trifft. Zum Beispiel die psychiatrische Klinik in Owinska, wo …"

Siggi unterbricht ihn: „Ach, das ist doch gar nichts!" Er tritt grinsend näher an Aneska heran, die jedoch nicht einen Zentimeter zurückweicht und furchtlos seinem Blick standhält, „Hat die Dame von der Kriminalpolizei schon von der Polizeidienstelle in Konstancin gehört? Wir haben dort den Geist eines überaus sadistischen Offiziers des Sicherheitsdienstes nachgewiesen. Man sagt, er soll seine Opfer selbst dann noch gefoltert haben, wenn sie schon alles gesagt hatten, was er wissen wollte. Bis heute hört man seine Schritte auf der Treppe. Mehrere Personen haben die Gestalt eines Mannes in Uniform gesehen, die sich dann vor ihren Augen in Luft auflöste."

Aneska legt den Kopf schief und blickt ihn tief mitleidig an: „Und wann tun Sie mir den Gefallen und lösen sich in Luft auf?"

Schollmeyer schlägt dem zähneknirschenden Siggi lachend auf die Schulter: „Wir sind und bleiben real. Aber unsere Wärmebildkamera hat im Flur vor der Treppe tatsächlich einen Kältefleck in Form einer menschlichen Gestalt abgebildet. Das ist ein sensationelles Ereignis."

„Echt jetzt? Einen Kältefleck?"

Siggi verschränkt die Arme vor der Brust und genießt jeden Zentimeter, den er größer ist als sie: „Ja, das ist ein Punkt, an dem die überirdische Erscheinung die Energie aus der Umgebung abzieht."

„Was sagten Sie, wie oft Sie das Experiment wiederholt haben?"

„Man kann paranormalen Erscheinungen nicht wie einem Hund befehlen, ihre Bewegungen zu wiederholen."

„Hol's Stöckchen! Sie verstehen, dass ich Ihnen nicht glauben kann."

„Und Sie? Warum sind Sie in Polen?", Siggis Augen sprühen Blitze.

Aneska brummt etwas von einer Verbindung zwischen zwei Fällen und Spuren, denen sie nachgehen muss.

„Wo ist denn ihr Partner?“

„Unterwegs.“

„Sind Sie in Ordnung? Sie sind so blass?“, Schollmeyer sieht ehrlich besorgt zu ihr herüber.

„Jaja, alles gut“, das fehlt ihr noch, dass die Geisterjäger vielleicht auch noch nach Carl Erich suchen. Ihr Blick fällt auf das absonderliche Equipment. „Das da hatten Sie neulich aber nicht dabei.“

Gabi, die bereits in Rostock so stolz auf ihre Gerätschaften war, lässt sich auch diesmal weder lumpen noch stoppen: „Ja, das ist ein EMF zur Erkennung von Schwankungen elektromagnetischer Felder. Es wird als Kommunikationsmittel wie ein Ouija-Board benutzt. Aber viel einfacher zu bedienen und viel risikoloser. Es leuchtet einfach als Antwort auf.“

„Ob du wirklich richtig stehst, weißt du, wenn das Licht angeht?“, Aneskas Augenbrauen können kaum noch höher schießen.

Scholle lacht schallend: „Clever, Frau Kommissarin, clever! Und es ist wirklich so simpel. Leuchten die Dioden nach einer Frage bis zum roten Anschlag auf, heißt das ja. Leuchtet nichts, heißt es nein. Aber man muss auch dazu sagen, dass elektrische Leitungen die Werte verfälschen können. Deswegen geht Kollege Siggi jetzt erstmal mit dem Leitungsprüfer die Wände ab, ob wir das Gerät hier überhaupt gebrauchen können.“

Der Angesprochene zieht ein handliches Gerät aus der Jacke,

das Aneska auch in ihrem Werkzeugkasten zu Hause hat, und fängt an, es mit wichtigtuerischem Gesichtsabdruck vor den Wänden auf und ab zu schwenken: „Scholle, warum gibst du dich mit ihr ab? Sie bringt nur schlechte Energien."

Schollmeyers Erwiderung kann sie nicht verstehen, denn Gabi, die neben ihr ein Messgerät zur Überprüfung der Kohlenmonoxid-Belastung aufstellt, spricht sie freundlich an: „Wussten Sie schon, dass Charles Dickens Mitglied des Londoner Ghost Club war und auch Johann Wolfgang von Goethe paranormale Phänomene untersuchte?"

„Was Sie nicht sagen."

„Ja, er verarbeitete es im Faust."

„Aha."

„Es interessiert Sie nicht wirklich, oder?"

„Nein."

Gabi lächelt: „Wenigstens sind Sie ehrlich."

„Gern geschehen", Aneska zuckt mit den Schultern und fügt rasch hinzu, „Ich bin übrigens nicht böse. Vielleicht oder manchmal ein Miststück. Aber nicht böse."

Gabi lacht leise: „Sind wir Frauen das nicht alle?"

Aneska schüttelt fassungslos den Kopf: „Schlechte Energien. Mir ist ja schon viel vorgeworfen worden, aber das …"

„Naja", lässt sich jetzt Danni von der anderen Seite vernehmen, „Siggi hat schon etwas Recht. Wenn sich negativen Emotionen an einem Ort sammeln, erhöht das die Chance, dass es dort spukt."

Aneska fährt herum, sieht sie ungläubig an: „Sie wollen mir

also allen Ernstes sagen, ich wäre schuld, wenn …“

„Nein, nein, paranormale Aktivitäten folgen eh einem eigenen Plan“, Danni wedelt beruhigend mit den Händen, was die Geräte zu rauschenden und knarrenden Geräuschen bringt, „und dieser Ort hat viele negative Emotionen während der verschiedensten kriegerischen Auseinandersetzungen erlebt. Das ist von viel größerer Bedeutung. Was hier geblieben ist, sind die Echos der Menschen, die zum Teil vor vielen, vielen Jahren hier Schlimmes erlebt haben.“

Währenddessen platziert Gabi noch ein neues Gerät mitten im Raum: „Voila, unser Spiritpod. Erkennt alles, was in das statische Feld eintritt und reagiert mit Licht und Sound. Wenn alle vier Lichter und der Ton angehen, zeigt das eine sehr starke Störung an.“ Fragt sich nur, wer oder was hier gestört ist, denkt Aneska bei sich.

Das eingespielte Team ist binnen Minuten einsatzbereit und schon legt Scholle los: „Wir wollen mit euch in Kontakt treten. Wir haben großen Respekt und wir wären dankbar, wenn sich jemand meldet.“

Aneska rückt ein Stück von ihm ab: „Sie sprechen Deutsch mit polnischen Geistern?“

„Sie hat Recht. Wir könnten einen Dolmetscher gebrauchen.“

„Und Sie wollen schon öfter in Polen Geister gejagt haben?“, höhnt Aneska.

„Polinnen zu finden, die Deutsch sprechen, ist leicht“, entgegnet Schollmeyer ungerührt, „Es steht ja schon eine vor mir. Wie wär’s?“

„Vergessen Sie’s!“, abrupt dreht Aneska sich um und

verlässt die Ausstellung wieder. Sie hat genug. Draußen strebt sie schnellen Schrittes der Brücke zu. Heftige Windböen schlagen ihr schmerzenden Sand und Staubkörner ins Gesicht, die ihr die Tränen in die Augen treiben. Sie hat das alles so satt. Sie kann nicht mehr. Sie will nicht mehr. Mit zusammengekniffenen Augen taumelt sie wie blind über die Holzbrücke, hört gleich darauf wieder knirschenden Kies unter ihren Füßen und stemmt sich verzweifelt gegen den Wind. Als sie Laub unter sich rascheln hört, öffnet sie die Augen wieder ein kleines Stückchen mehr und stellt fest, dass sie vom befestigten Weg abgekommen ist und fast im Wald gelandet wäre.

„Kurwa!“, flucht sie derb. Da wird ihr Blick von einem metallischen Glitzern unter den Blättern am Wegesrand angezogen. Sie bückt sich und fischt einen Schlüssel unter dem Laub hervor. Sie weiß, dass sie den jetzt eigentlich im Fort abgeben müsste, aber ihre Wut ist so groß und sie hat so dermaßen wenig Lust, den Geisterjägern wieder zu begegnen, dass sie ihn einfach nur in ihre Jackentasche stopft.

Schon wieder wird sie von hinten angesprochen. Eine schrecklich vertraute Stimme sagt: „Ich hoffe, du kannst mir vergeben, dass ich mich erschossen habe, aber ich musste vom Radar verschwinden.“

29. Fort Gerhard, Swinemünde, 2. Mai, 13:36 Uhr

Im nächsten Moment taumelt ein klitschnasser Carl Erich einige Schritte nach hinten, denn seine Partnerin hat sich ihm mit Schwung an den Hals geworfen. Sofort jedoch lässt sie ihn mit schmerzverzerrtem Gesicht wieder los, schlingt die Arme um ihren Leib und sieht ihn aus tränenden Augen an: „Du Arsch! Was sollte das? Wo warst du?“

Carl Erich zittert, alle Sachen kleben ihm am Leib: „Es war eine Leerpatrone. Jonas sollte den Knall hören und mich fallen sehen. Ich hab‘ mich dann von der Strömung Richtung Mündung ziehen lassen.“ Er lächelt verzagt. „Bei diesem kalten Wasser so lange die Luft anzuhalten, war gar nicht leicht. Aber ich hab‘ dich toben hören und wusste, dass Jonas nicht lange Zeit haben wird, mir hinterherzuschauen.“

Aneska weiß nicht, ob sie ihn schlagen oder festhalten will. Sie entscheidet sich für die zweite Option, zu groß ist ihre Erleichterung, ihren lieben, nervigen Klugscheißerkollegen lebendig zu sehen. Sie nimmt seine große, kalte Hand, blickt zu ihm auf: „Und dann?“

„Ich bin dann irgendwo wieder an Land geklettert und in den Wald. Ich weiß nicht, ob ich ohnmächtig geworden oder eingeschlafen bin. Irgendwie war ich eine Weile weggetreten. Kurz darauf lief jemand lautstark telefonierend an der Stelle vorbei, wo ich lag. Es war ... oh Gott, Aneska! Was ist passiert?“

Sie hat seine Hand fallengelassen und beugt sich heftig atmend vornüber, denn ein stechender Schmerz fährt ihr durch den Leib. Als sie wieder hochblickt, sieht sie einen kreidebleichen Carl Erich vor sich und weiß, dass sie eh nichts vor ihm verbergen kann. Sie öffnet den Reißverschluss ihrer Jacke und er kreischt auf, als er das Blut auf ihrem T-Shirt entdeckt. Langsam zieht sie es hoch, schiebt den Verband ein wenig zur Seite und zeigt ihm die Tätowierung auf ihrem Bauch. Er schlägt die Hand vor den Mund: „Du auch? Oh Gott, nein, das darf nicht wahr sein!“

Noch nie hat er ihre Augen so voller dunkler Verzweiflung gesehen wie in diesem Moment, noch nie war ihre Stimme so rau und klagend: „Dieser Fall geht wirklich unter die Haut.“

„Und tiefer“, er geht vor ihr auf ein Knie und für einen kurzen Moment blitzt in ihr der Gedanke auf, dass diese Pose jetzt sehr unpassend aussehen muss. Doch dann erkennt sie, dass er sich nur das Tattoo von Nahem besieht. „Da in der Mitte blutet es besonders stark“, er blickt ernst zu ihr auf, „Aneska, da fehlt ein Stück Haut.“

„Was?“, erschrocken beugt sich Aneska vor. Er hat Recht.

Ächzend erhebt sich Carl Erich wieder: „Es ist wie bei Moorbekker, Isabelle, Marina und bei mir. Bei jedem Tattoo fehlt in der Mitte ein Stück Haut.“

Ihr wird innerlich eiskalt, als das Verstehen einsetzt: „Er sammelt Trophäen.“

Carl Erich steht auf: „Ich hätte dich nicht allein lassen dürfen. Aber ich dachte, es ginge nicht anders.“

„Du hast das geplant?“ – „Naja, halb geplant, halb war es so eine spontane Eingebung“, druckst er herum.

„Und wann wolltest du mich in deinen Plan einweihen? Das

hier hat Jonas mir angetan. Er war beim Leuchtturm und hat mich mit einem Kaffee betäubt.“

„Du hast mit ihm Kaffee getrunken?“

„Ballschuweit, gleich ist’s bei dir kein vorgetäuschter Selbstmord mehr, sondern ein echter!“

„Aber wie …“, Carl Erichs Stirn legt sich in tiefe Denkerfalten, dann schlägt er sich klatschend die Hand vor den Kopf, „Oh, na klar, das hab’ ich verpennt.“

„Weißt du, wie spät es ist?“, fragt sie leise.

Carl Erich fingert sein Handy aus der Tasche, aber bevor er draufgucken kann, explodiert sie: „Es sind zwar nur zwei lumpige Stunden vergangen, aber ich bin fast selbst ins Wasser gesprungen, habe dich überall gesucht und tausend Ängste ausgestanden. Die polnischen Kollegen müssen jeden Moment hier sein. Dann musste ich mich unterstellen, weil dieser Regen kam und da hat mir einfach mal einer einen Kaffee ausgegeben. Mein Gott, ich bin doch auch nur ein Mensch! Ich bin rund fünfundvierzig Minuten betäubt gewesen und als ich aufwachte, war ich auch tätowiert. Es tut höllisch weh und …“

Carl Erich hält ihr einfach den Mund zu: „Okay, okay, Aneska, beruhige dich bitte und lass uns zum Auto gehen. Ich muss mich umziehen, sonst hole ich mir den Tod.“ Er sieht, wie sich ihre Augenbrauen bedrohlich zusammenziehen, nimmt die Hand von ihrem Mund und geht voran. „Ich weiß, das würdest du auch gerne erledigen, aber jetzt hör mir mal zu. Moorbekker und Jonas haben t
zusammengearbeitet.“

„Was?“, sie eilt ihm nach.

„Jonas stand mit dem Handy am Ohr quasi auf meinen Füßen, als ich da im Gebüsch lag. Ich konnte gar nicht anders als ihn belauschen. Er sagte zu seinem Gesprächspartner, dass heute endlich der Tag gekommen sei, auf den er so lange hingearbeitet hätte.“

Aneska breitet verzweifelt die Arme aus: „Reizend, bloß kein Druck!“

„Aber das war noch nicht die merkwürdigste Aussage. Er hat dann noch hinterhergeschoben: Vier Selbstmorde und noch einer oben drauf.“

„Einer oben drauf?“, Aneskas Stimme überschlägt sich, „Was zum Teufel soll das heißen? Und warum ist es für Jonas so beschissen wichtig, dass es wie Selbstmord aussieht?“

Carl Erich läuft ein paar Schritte schweigend neben ihr her, die Stirn wieder in tiefe Denkerfalten gelegt, dann breitet er hilflos die Arme aus: „Ich schätze, er will jetzt auch Selbstmord verüben und es klang, als ob er glaubt, er würde dann wieder erwachen und unsterblich sein.“

„Ich glaub, mein Zombie pfeift!“

Ihr Partner schüttelt vehement den Kopf: „Für Zombies sind wir auf dem falschen Kontinent.“

„Was?“

„Zombies sind afrikanisches Glaubensgut.“

„Ballschuweit, du machst mich wahnsinnig!“, stöhnt sie, aber dann ist sie doch irgendwie neugierig, „Und an was glaubt man hier?“

ıch wenn er weiß, dass er die Geduld seiner Partnerin

wieder einmal auf eine harte Probe stellt, kann er es sich nicht verkneifen: „Das fragt die Einheimische? An Geister natürlich.“

„Oh bitte!“, Aneska fährt sich mit beiden Händen durch die rotbraunen Haare, „Und über so etwas plaudert der so ganz nebenbei am Telefon? Kein Wunder, dass Moorbekker ihm die Zusammenarbeit gekündigt hat.“

„Ich glaube, du zäumst das Pferd von hinten auf. Vielleicht war Jonas erst einfach nur einer seiner Patienten. Er dachte wahrscheinlich, wenn er seinem Therapeuten sagt, was für krude Fantasien er hat, sei der an die Schweigepflicht gebunden und würde ihn nicht aufhalten können“, Carl Erich seufzt, „Wenn ich nur wüsste, mit wem er da eben telefoniert hat.“

Aneska knirscht mit den Zähnen: „Ich krieg‘ die Krise! Erst die Geschichte auf dem Darß und jetzt hier. Entweder sie morden alle 50 Jahre, um weiterzuleben oder alle paar Tage, um unsterblich zu werden. Warum will keiner an der Ostsee sterben? Mir reicht’s, lass uns verschwinden!“ Sie sieht sich um: „Außerdem müsste die Verstärkung jetzt endlich mal hier eintreffen. Sollen die ihn doch finden und vom Selbstmord abhalten.“

„Ich bleibe.“ – „Warum?“

„Du vergisst unsere Tätowierungen. Ich will die loswerden und ich habe kaum noch etwas von den Tropfen.“

„Was für Tropfen?“

„Ups, äh, die CBD-Tropfen von Isabelle. Ich hab‘ sie mitgenommen, weil sie so davon geschwärmt hat. Aneska, bitte, ich weiß nicht, wie lange ich das noch aushalte. Ich muss dieses Tattoo irgendwie loswerden, sonst macht der

Schmerz mich ... uns wahnsinnig.“

Aneska kann darauf nichts erwidern, sondern stampft mit einem verzweifelten Schrei auf. Carl Erich nimmt das einfach mal als Zustimmung und fährt fort: „Wenn Isabelles und Marinas Tattoos verschwunden sind, kann das bei uns doch auch klappen.“

„Es ist im Moment ihres Todes verschwunden“, sie tippt sich in eindeutig beleidigender Absicht an die Stirn, „Willst du das jetzt an dir selber ausprobieren?“

„Nein, natürlich nicht“, Carl Erich lässt den Kopf hängen, „Und ich weiß nicht mal, ob’s wirklich klappt.“

„Ich sag nur: Moorbekker.“

„Ja, ja.“

„Jaja heißt leck mich am Arsch. Es ist einfach zum aus der Haut fahren!“, Aneska tritt wütend gegen jeden herumliegenden Stein, den sie erreichen kann. Durch die heftige Bewegung gleitet etwas Kleines, Glänzendes aus ihrer Jackentasche.

„Äh, Aneska, dir ist da was runtergefallen“, Carl Erich deutet auf den Boden.

„Ach, der“, Aneska hebt den Schlüssel auf, den ihr aus der Jacke gepurzelt ist.

„Woher hast du den?“

„Lag neben dem Weg.“

„Den müssen wir aber abgeben“, Carl Erich kann nicht aus seiner Haut, auch wenn sie noch so schmerzt und nasskalt ist.

„Quatsch, ich geb das Ding später beim Fundbüro ab und gut ist."

„Was heißt Fundbüro auf Polnisch?"

„Biuro rzeczy znalezionych, wieso?"

„Nee, das war's nicht. Jonas sagte am Schluss des Telefonats etwas, das ich noch nicht so richtig zuordnen kann. Er meinte, er würde jetzt zur Batterie gehen."

„Zur Batterie gehen?"

„Ja, aber das war nicht das ganze Wort. Und ich bin mir ziemlich sicher, es war Polnisch. Er hat nicht Batterie gesagt…"

„Sondern Bateria", Aneska ist das polnische Wort wieder eingefallen. Sie macht auf dem Absatz kehrt und eilt zu dem Informationsschild im Vorhof des Forts zurück, einen echauffierten Carl Erich hinter sich. Als er neben ihr angekommen ist, sieht er, worauf sie zeigt: „Bateria Brzegowa. Aneska, du bist genial. Das ist es! Das ehemalige Westford. Natürlich, die Küstenbatterie, eine weitere Verteidigungseinrichtung dieser ..."

Während er noch redet, hört Aneska ein ratternd-knarzendes Geräusch von irgendwoher im Fort und fährt herum: „„„Jest tam kto? Hallo? Ist da jemand?"

Carl Erich ist einerseits genervt, dass sie ihn wieder mal unterbricht, andererseits ist ihm nun wirklich schrecklich kalt und so drängelt er: „Lass uns endlich zum Auto und dann zur Küstenbatterie gehen."

„Schon gut, wie weit ist das?"

Er schaut auf das Schild: „Hier ist zwar kein Maßstab, aber

es kann nicht allzu weit sein. Jonas ist ja auch gelaufen. Du willst doch jetzt nicht ernsthaft mit dem Auto die paar Meter … ?"

Während die beiden lebhaft diskutierend auf den Weg zum Straße einbiegen, tritt Bruno Schollmeyer hinter einer der kleineren Kasernenbauten hervor und schaltet einen Geigerzähler ab.

30. Parkplatz, Swinemünde, 2. Mai, 14:23 Uhr

„Und als nächstes erzählst du mir, Jonas habe Moorbekker den Tipp gegeben, seine Sachen im Keller zu verstecken?", Aneska sieht zweifelnd zu ihrem Partner empor.

„Ich halte das für durchaus möglich. Jonas muss sich unter Moorbekkers Patienten die passenden Opfer ausgesucht haben. Isabelle Nitzlandt mit der Kardiophobie war die Erste. Sie hatte eine Tätowierung mit zwei Ästen."

Aneska schüttelt ungläubig den Kopf: „Das mag sein, aber sie hat als Zweite Selbstmord begangen. Nachdem wir Moorbekker gefunden haben. Und sie wusste nicht, dass er tot ist. War völlig geschockt von seinem Selbstmord."

Carl Erich wiegt wenig überzeugt den Kopf: „Sie wusste angeblich nichts von seinem Selbstmord. Das Motiv ihres Selbstmords ist mir auch schleierhaft, denn sie nahm sich das Leben, als sie Jonas traf, der ihr doch eigentlich ein Mittel gegen die Schmerzen geben sollte. Der hat ihr doch zuvor mehrmals geholfen."

„Vielleicht hat er ihr gesagt, dass es kein Mittel mehr gäbe und ihr daher den Elektroschocker gegeben, um es schnell hinter sich zu bringen", Aneska bleibt pragmatisch.

„Hm, das klingt irgendwie irre, aber auch irgendwie plausibel. Ein starker Stromfluss von außen kann ein ohnehin geschwächtes Herz so aus dem Rhythmus bringen, dass es aufhört zu schlagen."

„Das muss es sein! Deswegen hat auch die Herzdruckmassage nicht funktioniert. Sie war quasi innerlich irreparabel beschädigt."

„Was aber immer noch nicht erklärt, weshalb die Tätowierung nach ihrem Tod vor unseren Augen verschwand."

Aneska zuckt die Schultern, zeigt mit dem Daumen über die Schulter zurück zum Wald: „Frag doch deinen neuen besten Freund Scholle. Der rennt grade mit seinem ganzen Geisterequipment hier durchs Fort. Menschen, die gewaltsam zu Tode kommen, findet der doch total toll."

Carl Erich verzieht das Gesicht: „Oh nein, der ist auch hier? Der Mann taucht aber auch immer im unpassendsten Moment auf." Dann winkt er ab. „Egal, erstmal weiter im Text. Marina Thießreiter mit der Toxiphobie war Nummer Zwei. Ihre Tätowierung hatte drei Äste. Der zweite Mord, der für Außenstehende wie ein Selbstmord aussehen sollte."

„Stimmt", nickt Aneska, „wären wir nicht kurz vor ihrem Tod dort gewesen und hätten mit ihr gesprochen, hätte es tatsächlich so ausgesehen, als hätte sie das Gift selbst genommen und sich umgebracht, weil sie mit ihrer Phobie nicht weiterleben wollte. Und auch sie hat sich quasi freiwillig das Mittel zu ihrem Selbstmord von Jonas verabreichen lassen."

„Ich habe noch nie von jemandem gehört, der freiwillig zur Giftspritze geht. Und ich bin gespannt, welches Gift die Forensiker finden. Aber was für uns viel wichtiger ist: Warum in ihrem Büro, wo es auf den Fluren von Kollegen und Studierenden nur so wimmelt? Selbstmörder suchen sich doch eher abgeschiedene, ruhige Orte, wo sie ungestört und unerkannt sind“, Carl Erich guckt nun regelrecht angewidert, allerdings aus anderen Gründen als Aneska erwartet. „Das widerspräche jeder Statistik und wäre äußerst untypisch.“

„Boah, Ballschuweit, wenn wir ihn gefasst haben, kannst du Jonas gern Nachhilfe im Selbstmord-Inszenieren geben.“

„Das wäre müßig, denn völlig blöd ist er ja nicht. Niemand hat Jonas je kommen und gehen sehen. Wir wissen nur, dass er da war, weil Isabelle und Marina es uns erzählt haben.“

Wieder erklingen die ersten Takte von „Miss Marple“, Aneska macht jedoch keine Anstalten, das Telefon aus ihrer Tasche zu ziehen.

„Willst du nicht rangehen?“

„Um mich wieder vertrösten zu lassen? Die Polizei dein Freund und Helfer, ha ha.“

Nur noch wenige Schritte trennen sie von dem tomatenroten MINI. Carl Erich zieht die tropfenden Autoschlüssel aus seiner Jackentasche: „Die Fernbedienung wird wohl hin sein, aber zum Aufschließen wird’s reichen.“

Aneska tritt vor und öffnet wortlos die Fahrertür.

„Was? Ich hatte doch alles abgeschlossen.“

„Abgeschlossen!“, jetzt schlägt Aneska sich mit der Hand an ihre Stirn, „Du glaubst nicht, was vorhin passiert ist!“ Sie erzählt ihm hastig von dem plötzlichen Einsetzen der Alarmanlage und wie sie kurz vor ihrem Zusammenbruch die Fahrertür schließlich doch noch ohne Schlüssel öffnen konnte.

„Gespenstisch“, Carl Erich faltet sich zusammen, um über den Rücksitz in den Kofferraum zu gelangen, wo er seinen Rucksack verstaut hat. Seine Stimme klingt dumpf: „Aber die Dibbuk-Boxen sind noch da.“

„Und genau das ist merkwürdig. Wenn Jonas dir gefolgt ist, muss er doch gesehen haben, wie du die Kiste in den Kofferraum gelegt hast.“

„Definitiv, aber ich hatte ja den Autoschlüssel bei mir, als ich ins Wasser bin.“

„Aber wenn er mich im Auto tätowiert hat, wieso hat er dann nicht die Dibbuk-Boxen mitge…“, sie bricht ab, wird blass, hält sich am Autodach fest, „Ballschuweit, irgendwo da draußen muss jetzt auch eine Box von mir rumfliegen.“

„Oh, ja, du hast Recht. Nur wo?“, Carl Erich zerrt ihrer beider Taschen mit der Wechselkleidung aus dem Auto. Jetzt sind beide froh darüber, eine Tasche für eine Übernachtung eingepackt zu haben. Carl Erich beginnt auf der einen Seite des Autos, seine nassen Sachen zu wechseln und auch Aneska schlüpft auf der anderen Seite in ein frisches T-Shirt. Als er gerade vorsichtig ein neues Langarmhemd über den Kopf ziehen will, umrundet Aneska rasch den Wagen, fasst seinen Arm und besieht sich auch sein Tattoo noch einmal genauer. Er weiß, nach welcher Stelle sie sucht: „Da in der Mitte, da bricht die Wunde immer wieder auf.“ Er erschauert heftig, bevor er leise weiterspricht: „Moorbekker hatte vier Äste, meine Tätowierung hat fünf. Und ich war auch mehrmals kurz davor, Selbstmord zu begehen."

Aneska lässt ihn abrupt los: „Was? Red' keinen Scheiß!"

Er taucht mit einem Lächeln aus dem Halsausschnitt auf: „Aber du bist mir immer wieder in die Quere gekommen."

„Na, wenn das kein Lob ist", sie reicht ihm seinen Pullover, „Meine Tätowierung hat sechs Äste. Ich bin die Letzte. Bisher. Moorbekker mit vier Ästen im Tattoo wurde als Erster tot aufgefunden." Sie verstummt, zieht mit gerunzelter Stirn ihr Handy hervor und tippt schnell darauf herum. Carl Erich wartet geduldig, für Handynutzung hat er immer Zeit. Dann stößt sie eine Faust in die Luft: „Ha, wir wissen, dass auch seine Tätowierung nicht postmortal angefertigt wurde. Doktor Loewe hat mir gemailt. Das hat die Obduktion eindeutig ergeben."

Carl Erich wandert hin und her, um sich aufzuwärmen und nachzudenken: „Die Anzahl der Äste muss eine symbolische Bedeutung haben. Ich glaube, dass Jonas eine Tätowierung mit sieben Ästen hat. Aber sein Tattoo tut nicht weh. Im Gegenteil. Als Moorbekker irgendwie herausfand, dass er selbst ein Opfer war, war Jonas gezwungen, ihn zum Schweigen bringen. Da hat er ihn erhängt. Wie Doktor Loewe sagte: Ein probates Mittel zum Selbstmord und grauenhaft passend für jemanden mit Phagophobie."

Aneska schaut hinüber zum Leuchtturm: „Aber alles in allem nur ein vorgetäuschter Selbstmord. In Wahrheit hat ihm wahrscheinlich Jonas den Hocker unter den Füßen weggestoßen, dieses Schwein."

„Dazu passen die Spuren einer Fesselung an den Handgelenken und", Carl Erich blickt in die Ferne, schluckt hart, „jetzt verstehe ich …" Als er keine Anstalten macht, weiterzusprechen, stößt ihm Aneska ungeduldig den Finger in die Rippen. „Aua, muss das sein?“

„Was verstehst du?“

„Du hast es doch eben gesagt – Jonas hat den Hocker weggestoßen. Moorbekker ist nicht durch seine eigene Hand aus dem Leben geschieden. Deswegen war sein Tattoo auch im Tode noch sichtbar.“

„Und sein Geist sagt unten in den Katakomben ‚Tattoo‘ zu uns? Also bitte, Carl Erich, das ist doch alles ein bisschen …“

„… weit hergeholt? Wie man’s nimmt.“

Aneska hat die Faxen dicke: „Jetzt nimm erstmal die Beine in die Hand, ich will zur Küstenbatterie. Ich brauch jetzt was Konkretes.“

31. Küstenbatterie, Swinemünde, 2. Mai, 13:57 Uhr

„Das nenne ich mal eine Menge Beton“, staunt Aneska. Wie eine eckige, graue Riesenschlange windet sich der verwitterte Betonsockel der Küstenbatterie neben der ebenso grauen Fahrbahn etliche Meter im Wald entlang. Es riecht nach feuchtem Waldboden und Kiefern. Sie sieht, wie Carl Erich sein Handy aus der Hosentasche zieht und verzieht geringschätzig den Mund: „Na, das wird ja wohl jetzt hinüber sein.“ – „Wieso?“

„Du warst unter Wasser, schon vergessen?“

„Ja, und? Ist doch wasserdicht. Deswegen habe ich mir doch ein Handy von einer Firma geholt, die auch Baumaschinen herstellt."

Als sie den entrüsteten Ausdruck auf seinem Gesicht sieht, muss sie wider Willen lachen: „Ballschuweit, du bist echt irre!"

Der blickt selbstgefällig zu ihr herab: „Solltest du dir beizeiten auch zulegen."

„Ich bleib beim Diensthandy", sie zeigt ihm wieder mal einen Vogel, diesmal aber mit einem Lächeln im Gesicht.

„Deine Entscheidung", Carl Erich wischt auf dem klobigen Gerät herum: „Also, vor dir siehst du eine sogenannte Küstenfernkampfbatterie aus dem Ersten Weltkrieg. Küstenfernkampfbatterie, was für ein imposanter Name! Das da links war die Geschützstellung …"

„Geht das schon wieder los?"

Er ignoriert den gezischten Einwand gekonnt: „In den unteren Etagen befand sich das Munitionslager und in der oberen Etage gab es Bereitschaftsräume."

„Die jetzt nicht mehr existieren und damit für uns komplett unwichtig sind."

„Da links liegt der Zugang zum Munitionsbunker und zum Bereitschaftsraum."

„Kann man da runter?"

„Da rechts war der Panzerstand und da, wo diese runde Aussparung in der Wand ist, war der Munitionsaufzug. Man sieht noch die verrosteten Tür…"

„Erde an Ballschuweit, wo geht's rein?"

„Zur Panzerkasematte?"

„Ist mir egal, wie du es nennst. Gibt es hier einen Ort, an dem sich Jonas verstecken könnte?", sie streckt die flache Hand über das Smartphone, so dass er gezwungen ist, sie anzusehen. Er seufzt und zeigt stumm auf den linken Gebäudeteil oder vielmehr auf das, was noch davon übrig ist.

Aneska geht voran. Obwohl ein Teil der Decke eingebrochen ist, riecht es im Panzerstand unangenehm, denn offensichtlich hat des Öfteren jemand in eine Ecke des Raumes uriniert. Plötzlich erschallt wieder die Melodie von „Miss Marple". „Shit, shit, shit!", Aneskas Hand fährt blitzschnell in ihre Jackentasche und drückt den Anruf weg. „Jetzt schalte ich stumm, ich hab's satt."

Carl Erichs blaue Augen sind riesengroß: „Wer ruft dich denn hier dauernd an?"

Ein kurzer Blick aufs Display. „Die polnischen Kollegen", schnaubt sie verächtlich und steckt das Gerät wieder ein, „Jetzt nicht. Wer zu spät kommt, den bestraft das Leben."

„Oder Aneska Kralova", Carl Erich steht schon vor der schweren Metalltür des Munitionsbunkers. Aus der anderen Jackentasche fischt Aneska nun den Schlüssel und steckt ihn ins Schloss: „Passt. Den wird wohl einer der Tourguides verloren haben." Aber als sie ihn drehen will, muss sie feststellen, dass die Tür bereits offen ist: „Nanu?" Langsam drückt sie die Klinke herunter und öffnet die Tür Zentimeter für Zentimeter, damit sie nicht quietscht. Flackerndes Licht fällt durch den Türspalt und ein Schwall warmer Luft kommt ihnen entgegen. Sie schnuppert und dreht sich halb zu ihrem

Partner um: „Riechst du das auch?“

„Rauch.“

32. Küstenbatterie, Swinemünde, 2. Mai, 14:02 Uhr

Der Raum, den Aneska und Carl Erich nun betreten, ist erstaunlich groß. Die schwere Eisentür schwingt hinter ihnen fast wieder zu, aber sie können trotzdem alles gut erkennen, denn etwa zehn Meter von ihnen entfernt, auf der gegenüberliegenden Wand, wurde ein riesengroßes Bild von Yggdrasil in leuchtend weißer Farbe aufgemalt und auf dem Boden davor steht ein großer Propangaskocher, darauf eine mit dünnen Zweigen gefüllte Schale, in der ein Feuer lodert, dass ziemlich stark raucht.

Jetzt erst fällt ihr Blick auf den dunkel gekleideten Mann mit dem grauen Pferdeschwanz, der im Schneidersitz davor sitzt und leicht hin und her schaukelt. „Jonas“, haucht Carl Erich Aneska ins Ohr.

Sie nickt, bückt sich nach einem dicken Gesteinsbrocken am Boden und nimmt ihn in die Hand. Vorsichtig gehen sie ein paar Schritt weiter in den Raum hinein, dabei stößt sie mit dem Fuß an ein Stück Metall, dass leise klirrend ein Stückchen über den Boden gleitet. Beide erstarren, doch der Grauhaarige dreht sich nicht um.

Carl Erich hebt den Gegenstand hoch, auf seinem Gesicht das Leuchten der Erkenntnis. Es ist eine L-förmig gebogene Wünschelrute aus Messing, wie sie zum Auffinden von Bodenschätzen oder Wasser benutzt werden – aber auch von

Geisterjägern.

Als Aneska gerade den nächsten Schritt machen will, hält Carl Erich sie an der Schulter fest und zeigt hektisch auf etwas am Boden. Dort liegt die nächste Stolperfalle: ein dickes, aufgeschlagenes Buch. Sie hebt zwar dankend die Hand, aber ihre blitzenden Augen sagen ihm auch ohne Worte, was sie von dem Fund hält.

Im nächsten Augenblick schnappt sie nach Luft, denn Carl Erich bückt sich und hebt auch noch das Buch auf. Fast wäre sie laut geworden, als er ihr den alten Schinken unter die Nase hält, aber dann sieht sie, dass die Seiten voller Bilder von Tätowierungen sind. Ein hektisches, gestisch-mimisches Wortgefecht entlädt sich stumm zwischen den beiden Kollegen, welches Aneska mit der eindeutigen Geste des quer über den Hals geführten Zeigefingers beendet.

Carl Erich klappt das Buch zu und sie rücken noch ein Stückchen näher an Jonas heran, der sie immer noch nicht bemerkt zu haben scheint. Aneska hebt die Hand mit dem Stein, bereit zuzuschlagen, blickt kurz zu Carl Erich hinüber und nickt ihm zu.

„Jonas?“, Carl Erich hält sich etwas seitlich, als er den Namen ausspricht. Der Mann reagiert nicht. Carl Erich spricht nun etwas lauter: „Sind Sie Jonas?“ Immer noch keine Reaktion.

„Was ist los mit dem?“, zischt Aneska.

„Keine Ahnung“, ihr Partner kann nur hilflos die Hände mit Buch und Wünschelrute heben, „vielleicht ist er sehr tief in einer Meditation oder Trance versunken.“

„Und was jetzt?“

Carl Erich geht vorsichtig noch ein paar Schritte weiter um den Mann herum. Im nächsten Moment formt sein Mund ein großes, überraschtes O. Er sieht Aneska mit schreckgeweiteten Augen an und zeigt hektisch mit der Wünschelrute auf etwas, das der Mann offensichtlich im Schoß hält. Aneska macht einen weiteren Schritt vorwärts und erblickt eine mit violettem Wachs verschlossene Dibbuk-Box. „Das muss deine Box sein“, platzt es aus Carl Erich heraus.

„Sch!“, Aneska winkt hektisch ab, obwohl er nur geflüstert hat. Sie bedeutet ihm, ihr zu folgen, was er nur widerwillig tut, und sie ziehen sich langsam aus dem Raum zurück.

Draußen angekommen, drückt Aneska die schwere Tür zu und schließt ab, lässt den Schlüssel aber in der Tür stecken. Dann wendet sie sich ihrem Partner zu: „Besonders clever war das Versteck nicht. Zumal wenn es einen Zweitschlüssel gibt.“

Der nickt: „Vielleicht wollte jemand, dass wir Jonas hier finden?“

Aneska zuckt mit den Schultern: „Ist mir momentan sowas von latte. Hauptsache, er steckt in der Falle.“ Sie guckt auf Carl Erichs Stirn voller Sorgenfalten und seufzt: „Ein Zloty für deine Gedanken.“

„Da drinnen haben wir die Verbindung von Yggdrasil und den Dibbuk-Boxen. Das Bild ist ja riesig. Aber warum macht er das ausgerechnet hier? Sind hier so viele Menschen gestorben, dass die Grenze zur Geisterwelt irgendwie dünner ist als gewöhnlich?“

„Ballschuweit, hörst du dir selbst mal zu, wenn du redest?“, Aneska ist kurz davor, ihren Kollegen zu treten, damit er wieder zurück zu ihr auf die Erde kommt. Aber der große Blonde überhört sie wie üblich: „Was mich nur wundert, ist, dass er ein Feuer mit Gas betreibt. Normalerweise nimmt man dafür Kohlebecken. Die Rauchentwicklung war ja abartig, das müssen ganz grüne Äste gewesen sein. Wenn das man gut geht. Wenn der in seiner Trance dagegen stößt, kann er sich schwerste Verbrennungen zuziehen.“ Er wirft einen Blick auf seine Kollegin, die bei seinen letzten Worten nur zynisch grinsend genickt hat. „Aber was auch wichtig ist: Wie nehmen wir ihm jetzt deine Box ab?“

„Gar nicht.“

Carl Erichs Augenbrauen schießen in die Höhe: „Bist du wirklich so cool oder tust du nur so?“

„Ich bin so cool, und ich sage dir auch warum: Er hat nur eine einzelne Dibbuk-Box, wir haben vier.“

„Aneska, du bist unglaublich!“, er fasst seine Partnerin an beiden Schultern und strahlt sie an.

Sie befreit sich geschickt aus seinem Griff, blickt aber recht zufrieden drein: „Sag ich doch.“

Carl Erich zeigt mit dem Finger auf die verschlossene Tür: „Jonas kann uns gar nichts anhaben, denn er hat nicht alle Boxen beisammen.“

Aneska schmeißt den Stein lässig hinter sich: „Soll er meine Box beweihräuchern, bis er schwarz wird. Drei Menschen sind seinetwegen tot. Außerdem sind wir hier nicht zuständig. Jetzt müssen die örtlichen Kollegen ran.“ Mit diesen Worten zieht sie bereits ihr Handy aus der Jacke und beginnt, auf dem Bildschirm herumzutippen.

„Hä?“, kiekst er fassungslos,“ Eben wolltest du nix von

denen wissen und jetzt …?“ Doch er verstummt, als Aneska energisch abwinkt und beginnt, rasend schnell auf Polnisch in ihr Handy zu sprechen. Anhand ihrer Gesten versteht er, dass sie der polnischen Polizei durchgibt, dass sie hier einen Verdächtigen fassen könnten, der eingeschlossen sei, der Schlüssel aber stecke. Frustriert wendet er sich wieder dem Buch zu und blättert es durch. Hinten angekommen, stockt ihm der Atem. Als Aneska das Gespräch beendet hat, hält er ihr blitzschnell das geöffnete Buch vor die Nase: „Hinten stehen Ritualbeschreibungen.“

„Aha“, sie guckt nur kurz drauf, „Was ist das für eine Sprache?“

„Na, Deutsch natürlich. In Sütterlin geschrieben. Kennst du das nicht?“

Aneskas zieht resolut die Luft ein und Carl Erich schnell seinen Kopf: „Schon gut, schon gut! Hier, diese Seite hat die Überschrift Reinigung und Befreiung.“

„Und?“

„Was, wenn wir uns damit von unseren Tattoos befreien können?“

Sie stützt in einer verzweifelten Geste den Kopf in die Hände: „Okay, okay, du wirst ja eh keine Ruhe geben, also bringen wir's hinter uns. Lies vor!“

„O heilender Glanz, umfange mich, erhell meinen Geist in dunkler Zeit. Zerstreue alle meine Schmerzen, erneuere mich hier und jetzt. Böser Geist, flieg fort im Wind! Sei verbannt aus meinem Herzen. Vergangenes soll vergessen sein, meine Zukunft werde hell und rein. Alles Lichte darf bleiben, alles Dunkle muss gehen. Ich erlange meinen Platz zurück.“

Aneska blickt angewidert zu ihm hoch: „Was für ein Geschwalle.“

„Wenn’s hilft …“

„Dir ist auch nicht mehr zu helfen.“

Carl Erich entgegnet nichts, sondern blättert mit verbissenem Gesichtsausdruck vorne im Buch, bis er gefunden hat, was er sucht. Er dreht das Buch so, dass Aneska die Seite gut sehen kann. Sie blickt auf das Abbild ihres eigenen Tattoos und seufzt resigniert: „Okay, okay. Du hast Recht. Aber jetzt verrat mir doch mal eines, du Schlaukopf: Wie soll denn das gehen? Der Kerl da drinnen klammert sich an meine Box wie an seinen Lieblingsteddybären aus Kindertagen. Nicht mehr lange und es wimmelt hier von polnischer Polizei und wenn die ihn festnehmen, werden die die Box hundert pro als Beweisstück sichern.“

„Dann müssen wir eben schneller sein als sie.“

Der Gedanke gefällt Aneska, nichtsdestoweniger hat sie noch einen letzten Einwand: „Aber eins sag ich dir gleich: Ich laufe nicht Hand in Hand mit dir über irgendwelche glühenden Kohlen und sage diesen obskuren Zauberspruch auf!“

„Nein, nein, wir werden zwar Kohlen brauchen …“

„Ballschuweit!“

„… aber nur zum Räuchern. Ich denke“, er fährt murmelnd noch einmal mit dem Finger über die Seite, „… das hier hat was mit dem Rauch bestimmter Pflanzen zu tun.“

„Meinetwegen können wir dazu gerne diese verfluchten

Dibbuk-Boxen verfeuern."

„Auf keinen Fall!"

„Okay", abrupt dreht sich Aneska um und stapft durch das hohe Gras, „Mach deinen Scheiß alleine! Ich will mit dieser Kiste nichts mehr zu tun haben."

„Aneska, bitte, komm zurück. Deine Idee ist doch im Prinzip gut!"

Sie dreht sich um und sieht ihn argwöhnisch an. Er redet schnell weiter. „Es kann doch sicher nichts schaden, wenn wir diese Boxen mit dem Rauch behandeln. Meinetwegen nur meine. Weißt du, der Priester im Murugan Tempel hat auch Räucherkerzen angezündet, als du bewusstlos warst und den Rauch mit einem Blatt über dich gefächert. Es hat dir anscheinend geholfen. Auch wenn du dich wahrscheinlich nicht mehr daran erinnerst", endet er lahm.

Jetzt dreht sie sich vollends zu ihm um und kommt wieder näher. „Nur dass das klar ist: Ich glaube dir immer noch höchstens jedes fünfte Wort", die nächste Frage geht ihr nicht leicht von den Lippen, „Was für Pflanzen brauchen wir?"

Carl Erichs Nase berührt fast das Papier der Seite: „Rosmarin, Thymian, Salbei, Wacholder, Johanniskraut, Beifuß, Fichtenharz, Engelwurz und Königskerze."

Sie sieht sich um: „Wo finden wir die?"

„Hier wohl weniger. Ich würde in einen Kräuterladen gehen", Carl Erichs Finger fliegen über das Display seines Handys, „Hier ist sogar einer in Swinemünde."

„Wie weit?"

„Nur 48 Minuten hin und zurück inklusive Fähre.“

„Die Shopping-Queen kriegt mehr Zeit“, Aneska hat ihren speziellen Humor erstaunlich schnell wiedergefunden.

„Zynismus hilft uns nicht weiter. Hast du wirklich die Tür abgeschlossen? Ich habe keinen Bock, dass der jetzt mit deiner Box stiften geht.“

„Und wenn schon“, sie winkt lässig ab: „Lass uns fahren.“

Während sie rasch zurück zum Auto laufen, doziert Carl Erich schon wieder: „Man sagt, bestimmte Pflanzen sind zum Ausräuchern sehr beliebt. Salbei, Lavendel und Minze schreibt man seit alten Zeiten hilfreiche Eigenschaften zu, weil sie so stark riechen. Diese Düfte lassen sich ganz modern über einen Diffuser im Raum verbreiten. Natürlich gibt es auch immer noch Räucherstäbchen, aber die meisten sogenannten weißen Hexen oder Schamanen arbeiten mit Kräuterbündeln, die sie in einer Räucherschale verbrennen.“

„Na toll, müssen wir jetzt auch noch mit denen zusammenarbeiten?“, Aneska fühlt eine unerklärliche Beklemmung und die Haut auf ihrem Bauch brennt, als hätte sie in Brennnesseln gelegen.

„Nein, nein, und auch nicht mit den Geisterjägern“, beruhigt Carl Erich sie. Hinter den Büschen, an denen sie gerade vorbeilaufen, streckt sich - von ihnen ungesehen - ein grauhaariger Mann empor, dessen Kaumuskeln von unterdrücktem Zähneknirschen gewaltig mahlen, und blickt ihnen lange nach.

33. Parkplatz, Swinemünde, 2. Mai, 14:23 Uhr

Als sie aus dem Waldweg heraus auf die Zufahrtsstraße zum Leuchtturm treten, schauen sich die beiden Kriminalbeamten zuerst suchend nach allen Seiten um und sich dann ratlos an, denn von den polnischen Kollegen fehlt jede Spur. „Wo trödeln die denn rum?“, schnaubt Aneska und macht sich mit wütendem Gesichtsausdruck daran, ihr Auto aufzuschließen.

Carl Erich sieht müde aus: „Vielleicht kommen sie von der anderen Seite?“

„Ballschuweit, stell‘ dich bitte nicht blöder als du bist. Es gibt hier nur eine Zufahrtsstraße“, Aneska reißt die Fahrertür auf und muss einen Schmerzenslaut unterdrücken. Sie zieht ihr T-Shirt nach oben und sieht durch die Mullbinden, dass ihre Wunde wieder stärker zu bluten begonnen hat, „Verdammte Scheiße!“

Auch Carl Erich trägt den Arm jetzt in einer Art Schonhaltung. Er nestelt an seiner Hosentasche und trinkt dann die letzten CBD-Tropfen direkt aus der Flasche, kippt sie sich einfach wie einen Schnaps auf einmal in den Rachen, schluckt und hustet: „Wir müssen jetzt ganz schnell in die Stadt und die Kräuter besorgen. Und das Zeug zum Räuchern.“ Vorsichtig faltet er sich auf dem Beifahrersitz zusammen.

Aneska dreht den Zündschlüssel, doch statt des vertrauten Röhrens, erklingt nur ein metallisches Klacken, dann Stille: „Das darf doch nicht wahr sein!“

Carl Erich öffnet mit resigniertem Gesichtsausdruck seine Tür wieder und schiebt sich hinaus: „Ich hole jemanden, der uns Starthilfe geben kann. Oh, guten Tag, Herr Schollmeyer."

Aneska schießt wie der Blitz aus dem Wagen: „Was machen Sie denn hier?"

„Guten Tag, Herr Ballschuweit", begrüßt Schollmeyer erst einmal höflich ihren Kollegen, dann wendet er sich betont freundlich ihr zu, „Sie stellen mir heute irgendwie immer wieder dieselbe Frage. Ich hole nur etwas aus meinem Auto. Der grüne Volvo da drüben." Er weist mit dem Arm nach links. „Brauchen Sie Hilfe? Ich hörte etwas von Starthilfe?"

Carl Erichs Augen strahlen blau auf: „Ja wunderbar, da muss ich nicht erst Englisch radebrechen. Stellen Sie sich vor, bei meiner Kollegin ging vorhin einfach so die Alarmanlage los und die hat wohl der Batterie den Rest gegeben."

Schollmeyer nickt, seinen Autoschlüssel schon in der Hand: „Ich fahr dann mal hier rüber. Machen Sie doch schon mal die Motorhaube auf. Ich habe ein Starthilfekabel dabei."

Sobald Schollmeyer in seinem Auto sitzt, das nur vier Plätze weiter parkt, zischt Aneska ihren Kollegen an, dass die Spucketröpfchen fliegen: „Bist du völlig bescheuert? Willst du ihm jetzt vielleicht alle ermittlungstechnischen Details verraten? Vielleicht noch von unseren Tattoos erzählen?"

„Was für eine Ermittlung? Wir sind privat hier. Hast du ihm etwa gesagt, wir würden hier ermitteln? Wir sind hier doch gar nicht zuständig."

„Du weißt ganz genau, was ich meine", knurrt Aneska, die sich mit einem Mal in die Enge getrieben fühlt.

„Nein, weiß ich nicht. Und wieso sollte ich ihm von den Tattoos erzählen?“

„Weil du in Plauderlaune bist. Ich kenn doch dieses Glänzen in deinen Augen“, sie geht um die Wagen herum, bleibt dicht vor ihm stehen.

„Na, wenn das keine hieb- und stichfesten Beweise sind“, Carl Erich steht mit verschränkten Armen, seine Stimme trieft vor Zynismus, „Glänzende Augen, ich bitte dich!“

Sie droht ihm noch einmal heftig mit dem Zeigefinger, bevor sie sich in den Fußraum der Beifahrerseite bückt, um den Hebel zur Entriegelung der Motorhaube zu ziehen: „Halt deine Zunge im Zaum!“ Zum Glück sieht sie nicht die Grimmasse, die Carl Erich hinter ihrem Rücken schneidet, während sie die Abdeckung ihrer Autobatterie entfernt.

Schollmeyer hat seinen Wagen Schnauze an Schnauze mit ihrem geparkt und steigt nun aus: „Nur so aus Neugier – waren Sie im Auto, als die Alarmanlage anging?“

„Nein.“

„Also standen sie daneben?“

„Nein.“

„Weiter weg?“

„Ja.“

Schollmeyer merkt, dass Aneska verstockt ist, hebt seine Motorhaube an und beginnt seinerseits die Batterieabdeckung zu lösen: „Und Sie haben niemanden in der Nähe des Wagens gesehen?“

„Nein, da war keiner“, grollt Aneska, um dann ein knappes

„Danke“ folgen zu lassen, als er ihr erst das rote Pluspolkabel und dann das schwarze Kabelende reicht.

„Ich weiß, Sie hören das jetzt nicht gern, aber man sagt, Geister können alles, was mit Elektrizität betrieben wird oder eine Batterie hat, manipulieren. Die sind sehr gut in der Lage, die Elektronik eines Wagens regelrecht ausflippen zu lassen. Da geh’n dann schon mal alle Lichter am Baum an.“

„Aha“, Aneskas Pokerface erstaunt Carl Erich immer wieder.

„Ich meinte die Alarmanlage“, schiebt Schollmeyer hinterher.

Carl Erich muss kichern. Selbst der Blick, den seine Kollegin ihm daraufhin zuwirft, kann ihn nicht zum Schweigen bringen. Es bricht einfach immer wieder aus ihm heraus.

Aneska und Schollmeyer steigen ein, starten die Motoren und zu ihrer großen Erleichterung springt der MINI sofort an. Wenige Minuten später schließen sie die Motorhauben wieder. Ein weiteres Dankeswort an Schollmeyer hält Aneska für überflüssig. Sie wendet sich lieber an Carl Erich: „Wo müssen wir jetzt hin?“

Der liest die Adresse vor, wobei er sie aber total falsch ausspricht: „Konstytucji 3 Maja.“ Als Aneska ihn korrigiert: „Trzeciego, dritter heißt trzeciego“, ist er nicht beleidigt, sondern fängt wieder an zu kichern: „Maja? Wie in Biene Maja?“ – „Blödmann, das ist Polnisch für Mai.“ - „3. Mai?“ „Richtig.“ -„Oh, dann haben die ja morgen Jubiläum.“

„Hast du keine anderen Sorgen?“

Schollmeyer, der eben wieder in seinen Volvo steigen will,

hält irritiert inne: „Wozu brauchen Sie denn einen Kräuterladen?“ – „Das geht Sie nichts an“, dann stockt sie ebenso irritiert: „Woher kennen Sie denn nun schon wieder diese Adresse?“

„Ausräuchern ist eine gängige Praxis in der paranormalen Forschung. Und wie gesagt, ich bin nicht das erste Mal hier unterwegs.“

Sie will gerade etwas erwidern, da fängt Carl Erich kichernd an zu singen: „Und diese Biene, die ich meine, die heißt Majaaa …“ Aneska reißt die Beifahrertür auf und stopft ihren Partner mit Schwung in den Sitz.

Ein grinsender Schollmeyer ruft ihr hinterher, als sie um ihr Auto eilt: „Also wenn Sie sicher gehen wollen, dann eignet sich Weihrauch ganz besonders, den Geruch mögen Geister überhaupt nicht. Allerdings ist der nicht für Asthmatiker geeignet. Aber Zitrone und Rosenöl sind auch gut, wenn Sie …“

Aneska schlägt ihre Autotür so heftig zu, dass der ganze MINI wackelt.

34. Straße der Verfassung vom 3. Mai, Swinemünde, 2. Mai, 15:42 Uhr

Die rund vierzig Minuten, die sie vom Leuchtturm bis in die Innenstadt von Swinemünde benötigen, kommen Aneska vor wie eine Ewigkeit. Auf der Fähre überlegt sie ernsthaft, ihren immer noch kichernden und singenden Partner über die Reling zu stoßen, erinnert sich aber dann an sein immer noch beträchtliches Gewicht und die Tatsache, dass sein Lachflash wahrscheinlich den CBD-Tropfen geschuldet ist. So beschwatzt sie nur den Skipper, dass er ihr einen Plastikbecher mit Wasser gibt, damit sie die nächste Schmerztablette leichter schlucken kann, um sich wieder einigermaßen unverkrampft hinters Steuer setzen zu können. „Sklep Zielarski Danusi, endlich sind wir da." Danusias Kräuterladen riecht umwerfend, vor allem nach Lakritze, was Aneska an ihre Kindheit erinnert. Sie lächelt versonnen. Carl Erich reibt seine Hände aneinander: „Schön warm hier. Und es riecht so gut." Auch er zieht die Luft in vollen Zügen ein.

Die Verkäuferin Danusia kommt aus dem Lager: „Dla pani? Was Sie wünschen?"

„Mówi pani po niemiecku? Sprechen Sie Deutsch?"

„Ein bisschen."

„Aneska, es ist okay, frag sie ruhig auf Polnisch."

„Okay, was brauchen wir?“

Er zeigt ihr die Liste auf seinem Handy. Aneska öffnet peinlich berührt eine Übersetzungs-App, denn sie muss einige der Kräuter nachschlagen, deren Namen sie nicht auf Polnisch weiß. Nur das erste kennt sie sicher: „Also, wir brauchen Rosmarin. Das ist rozmaryn.“

„Ile?“

„Öh, wie viel ist denn in so einem kleinen Päckchen?“

„Trzydzieści gramów.“

„Dreißig Gramm?“, ein fragender Blick zu ihrem Partner, der nickt. So fährt sie fort: „Gut, das nehmen wir. Dann brauchen wir Thymian. Das ist …“

„Tymianek“, lächelt die Verkäuferin bereits.

„Richtig, und dann noch Salbei, also szałwia. Und Wacholder, das ist jałowiec. Oh Gott, jetzt wird’s richtig kompliziert. Carl Erich, brauchen wir das wirklich alles?“ Als der nur entschuldigend die Hände hebt, rollt sie mit den Augen und fährt fort, die Begriffe auf ihrem Handy zu suchen. So buchstabieren sie sich durch die polnischen Begriffe für Johanniskraut, Beifuß und Fichtenharz, dann stockt sie und schaut ihren Partner sehr skeptisch an: „Engelwurz und Königskerze? Echt jetzt? Das sind doch keine echten Pflanzen. Das hast du dir doch grade ausgedacht.“

„Doch, doch“, das ist die Verkäuferin. Sie lächelt nach wie vor freundlich: „Ich jetzt verstehe, Sie wollen ausräuchern.“ Dann spricht sie lange auf Polnisch. Aneskas Mund bleibt offen stehen. Carl Erich greift ihr von der Seite unters Kinn und schiebt es ihr mit dem Finger zart nach oben. Ihre Zähne klappen aufeinander, dann schluckt sie, nickt und beginnt für ihn zu übersetzen: „Sie sagt, das ist wie Saubermachen, nur mit Energie. Man reinigt den Raum von allem, was einen belastet. Die meisten nehmen Weihrauch oder Salbei. Unsere Kräutermischung ist speziell, aber nicht ungewöhnlich." Danusia setzt noch einige Sätze hinzu, die bei Aneska ein kleines Lächeln hervorrufen: „Sie meint, das ist, als ob man die negativen Energien mit einem Fußtritt rausschmeißt."

„Sie kennt dich besser als dir lieb ist", lacht Carl Erich.

„Co?", Danusia hat das nicht verstanden.

„Nichts, nichts", peinlich berührt winkt Aneska ab, „Was kostet das alles?"

Aber die gewiefte Verkäuferin ist noch nicht fertig mit ihnen: „Sie nicht brauchen noch etwas Kohle und eine Schale?"

„Äh, ja. Kohle wäre gut. Aber eine Schale ist schon da."

„Jetzt wir haben alles. Razem 30,55 złoty."

Aneska zahlt mit ihrer EC-Karte: „Dziękuję! Dankeschön!"

35. Küstenbatterie, Swinemünde, 2. Mai, 16:53 Uhr

Während immer wieder Wolken die Sonne verdecken, laufen sie keuchend zurück zur Betonschlange, wie Aneska die Anlage der Küstenbatterie im Stillen nennt. Jeder trägt zwei Dibbuk-Boxen. Carl Erich hat auch noch das Buch unter dem linken Arm und Aneska trägt noch die Tüte mit den Einkäufen aus dem Kräuterladen. Das Tattoo auf ihrem Bauch brennt bei jedem Schritt.

Als sie noch knapp hundert Meter entfernt sind, sehen sie in der Ferne einen grauhaarigen Mann mit Pferdeschwanz, der rasch in Richtung Strand läuft. Aneskas Augen werden groß: „Jonas? Wieso läuft der hier draußen rum? Ich hab' den doch eingeschlossen. Diese polnischen Vollpfosten, wie konnte der ihnen entkommen?“

„Hat er die Box bei sich?“

Aneska kneift die Augen zusammen: „Nein, sieht nicht so aus.“

In diesem Augenblick bleibt der Mann mit der Jacke an einem Strauch hängen und befreit sich, indem er mit beiden Händen die Zweige zerknickt. „Nein, er hat definitiv nichts in den Händen“, japst Carl Erich.

Im nächsten Moment brechen zwei Polizisten in polnischer Uniform aus dem Waldstück und hetzen hinter dem Mann her, der sich schnell in Richtung Strand entfernt. Der eine, lang und dünn, ist dem Flüchtenden dicht auf den Fersen. Der andere, klein und dick, schnauft in einigen Metern

Entfernung mit heftig rudernden Armen hinterher. Aneska ist fassungslos: „Das glaub ich jetzt nicht. Die spielen hier seit über einer Stunde Katz-und-Maus?“

„Naja, so lange wohl auch wieder nicht. Aber Kondition hat er, das muss man ihm lassen“, Carl Erich setzt sich wieder in Bewegung, seine Kollegin dicht auf seinen Fersen. Als sie bei der Küstenbatterie ankommen, steht die Tür zum Munitionsbunker offen und der Schlüssel ist weg.

Bevor Aneska sich darüber aufregen kann, drängelt ihr Kollege in einem kämpferischen Ton, den sie so gar nicht von ihm kennt: „Geh rein, ich will jetzt endlich dieses Reinigungsritual durchführen.“

Im Licht der Handytaschenlampen steigen sie wieder in die untere Etage der Geschützstellung. Der leere Raum ist dunkel. Das Feuer in der Schale wurde gelöscht.

Carl Erich legt die zwei Dibbukboxen und das Buch vorsichtig daneben ab. Sein Arm ist so taub, dass er ihn kaum mehr heben kann: „Gott sei Dank, viel länger hätte ich das nicht mehr ... äh, Aneska, was machst du da?“

Seine Kollegin hastet mit eingeschalteter Handytaschenlampe an den Wänden des Raumes entlang. Sie leuchtet hektisch alle Ecken aus und juchzt dann auf: „Ich hab‘ sie!“

„Was?“

„Meine Kiste! Boah, der muss die aber heftig von sich geschleudert haben. Guck mal, da ist total viel Wachs abgebrochen. Egal, jetzt kann’s losgehen.“

Carl Erich nickt ernst: „Was immer da drin festgehalten wird, wir müssen es jetzt endlich befreien.“

„Ich dachte, du willst dich von diesem Tattoo befreien?“, Aneska runzelt die Stirn.

Carl Erich seufzt, kann sich aber gerade noch zusammenreißen, um nicht mit ihr zu sprechen, als wäre sie erst fünf: „Das eine hängt höchstwahrscheinlich mit dem anderen zusammen.“

„Schauermärchen.“

„Willst du jetzt loslegen oder nicht?“

„Okay, okay. Wohin mit dem Zeug?“

„Lass uns die Dibbuk-Boxen da unter dem Yggdrasil-Bild an die Wand stellen.“

„Wünscht der Herr eine spezielle Reihenfolge?“

Statt einer Antwort vergräbt Carl Erich erstmal seine Nase in dem alten Buch und murmelt unverständlich vor sich hin. Seine ungeduldige Kollegin lässt ihn exakt eine halbe Minute gewähren, dann platzt sie heraus: „Und? Was nun?“

„Wir müssen zuerst etwas Sand in die Schale geben, dann die Räucherkohle anzünden und warten, bis sie ganz weiß wird.“

„Na toll, danke für gar nix“, Aneska schiebt die Dibbuk-Boxen wahllos mit dem Fuß in Richtung Wand.

Ihr Kollege denkt, sie hätte ein Problem mit dem Zeitplan: „Das ist doch nur ganz wenig, das dauert keine zehn Minuten.“

„Dein Wort in Gottes Ohr.“

„Wirst du noch am Ende noch gläubig?“

„Ich bin katholisch und ich kann dir sagen, mir geht der ganze Quatsch mit den Reliquien und Heiligen zwar am Allerwertesten vorbei, aber auf Gott lass ich nichts kommen“, dabei funkelt sie ihn so drohend an, dass er beschwichtigend eine Hand hebt: „Kein Stress! Schau mal, die Kohle wird an den Rändern schon weiß.“

Carl Erich liest aus dem Buch vor, dass sie nun die getrockneten Pflanzen auflegen und dann mit der Schale gegen den Uhrzeigersinn im Raum herum gehen sollten, um den Rauch in allen Ecken zu verteilen. Dann werden seine Augen groß: „Oh!“

Im Gegenzug werden ihre Augen ganz klein: „Was heißt oh?“

„Wir haben etwas vergessen“, der blonde Riese tritt unbehaglich von einem Fuß auf den anderen, „Wir brauchen eine Feder.“

„Eine Feder?“

„Um den Rauch zu verteilen.“

„Im Ernst? Bist du zu blöd, um mit der Hand zu wedeln?“

„Nein, natürlich nicht. Na, hoffentlich geht das auch so.“

Sie warten noch eine Weile, bis sich auf den Kohlen eine hellgraue Ascheschicht gebildet hat, dann legt Carl Erich das Buch endlich weg. Aneska zerbröselt die Kräuter über den kleinen Kohlenstücken. Als diese sich entzünden, entwickelt sich sofort dichter Qualm. Carl Erich nimmt die Schale vom Boden auf, verbrennt sich prompt die Finger und als sei das nicht genug, gerät ihm auch noch der Rauch in die Augen: „Au, ah, heiß!“ Er dreht hastig den Kopf weg und will gleichzeitig die Schale absetzen, dabei gerät der Inhalt in

Schräglage und alles prasselt auf die wachsbedeckten Dibbuk-Boxen, die sofort Feuer fangen. Die Flammen umschlingen in kürzester Zeit alle Kisten. Carl Erich reibt sich stöhnend die Augen: „Tut mir leid.“

Aneska sieht, dass die Flammen immer größer werden, und zieht ihn am Ärmel in Richtung Ausgang: „Komm weg!“

Plötzlich öffnet sich hinter ihnen die Tür und jemand stürzt an ihnen vorbei zum Feuer. Ein Mann mit Pferdeschwanz, so viel können sie in dem mittlerweile dichten, weißen Rauch noch erkennen.

Aneska schreit und kämpft gleichzeitig, um ihren Kollegen festzuhalten: „Was macht der da? Carl Erich, bleibt hier, bist du wahnsinnig?“

„Das ist Jonas!“, Carl Erich hat sich losgerissen und setzt zum Sprung an. In diesem Moment donnert eine Explosion durch den Raum. Aneska und Carl Erich werden von der Druckwelle der Detonation von den Füßen gerissen und gegen die Wand geschleudert. Alles bebt. Die Mauer mitsamt dem Yggdrasil-Bild stürzt ein.

Als sich der Staub legt, sieht Aneska Carl Erich mit geschlossenen Augen neben sich liegen. Ihre eigenen Augen brennen, Ellenbogen und Hinterkopf schmerzen. Zwischen ihnen liegt ein Handy und leuchtet noch. Sie fasst nach ihrem Partner, der hebt den Kopf, sieht nach hinten und hustet: „Die Wand ... er ist darunter.“

Aneska spürt ein merkwürdiges, prickelndes Gefühl auf ihrem Bauch. Sie reißt ihr Hemd hoch, schiebt die Verbände zur Seite und sieht gerade noch die letzten Spuren ihres Tattoos verblassen, so wie sie es bei Isabelle Nitzlandt vor dem Hindutempel in Berlin beobachtet hatte: „Das gibt’s doch gar nicht. Es hat geklappt! Meine Tätowierung ist weg."

Carl Erich nestelt an seiner Jacke herum. Es staubt höllisch. Auch sein Arm sieht bis auf eine leichte Rötung wieder aus wie früher. Dann lächelt er sie mit staubverschmiertem Gesicht an, in dem die blauen Augen unnatürlich leuchten: „Meins auch."

Noch am Boden sitzend, fallen sich in die Arme, müssen sich aber fast sofort wieder voneinander lösen, weil die Staubwolke, die sie damit aufgewirbelt haben, sie zum Husten reizt. Carl Erich ist als erster wieder bei Stimme und auf den Beinen: „Wir sind noch nicht ganz fertig. Da unten liegt noch jemand. Wo zum Teufel ist mein Handy?"

Aneska blickt auf das Gerät in ihrer Hand: „Hier. Wo ist meins?"

Etwas knirscht unter Carl Erichs Fuß: „Uh, oh!"

„Du verdammtes Trampeltier!"

„Sorry! Aber es war doch nur ein Diensthandy."

„Scheiße, ja, genau das war es! Und weil es ja nur der Behörde gehört, kann ich locker drauf verzichten?", Aneska durchbohrt ihn mit ihren Blicken, bis er weggucken muss. Dann wischt sie sich das Haar aus dem Gesicht und schnauft einmal tief durch, bis sie sich einigermaßen unter Kontrolle hat: „Okay, ooookay, lass uns jetzt bitte ganz vorsichtig graben, ja? Nicht, dass du hier noch mehr zum Einsturz bringst."

„Ha, ha", auch Carl Erich kann böse gucken.

Bedächtig nähern sie sich der eingestürzten Mauer, die von

einigen kleinen Feuerstellen flackernd beleuchtet wird. Sie graben den Körper aus, der darunter liegt und erstarren. Es ist nicht Jonas, sondern der Chef der Geisterjäger, Bruno Schollmeyer.

Aneska fühlt seinen Puls: „Er lebt noch. Schnell, ruf einen Rettungswagen!"

„Wie denn auf Polnisch?", kiekst Carl Erich.

Aneska blickt zur Decke: „Himmel, hast du keine Flinte?"

36. Szpital Miejski, Swinemünde, 2. Mai, 19:17 Uhr

In der langsam einsetzenden Dämmerung fahren sie hinter dem Blaulicht des Rettungswagens ins Spital. Carl Erich ist blendend gelaunt: „Vorgestern sind wir einem Leichenwagen gefolgt, heute einem Krankenwagen. Ich finde, wir bessern uns." Aneska lacht schnaubend, was sich prompt in einen Hustenanfall verwandelt, aber ihr Kollege bleibt ernst: „Ich fresse den sprichwörtlichen Besen, wenn Jonas und Schollmeyer sich nicht kennen. Das kann doch alles kein Zufall sein."

„Gute Idee", nickt Aneska grimmig, „den Kerl werde ich so gründlich über Jonas ausquetschen, dass der sich wieder unter die Trümmer wünscht."

Carl Erich seufzt, genau das hat er befürchtet.

Im Spital angekommen, werden Schollmeyer und auch sie beide jedoch erst einmal eingehend untersucht. Schollmeyer hat etliche Abschürfungen, einige kleinere Verbrennungen, sowie mehrere gebrochene Rippen von den herumfliegenden Trümmerteilen der einstürzenden Wand davongetragen. Nachdem Carl Erichs Gesicht und Arme vom Dreck der Explosion gesäubert wurden, finden sich nur einige leichte Kratzer. Aneska macht sich jedoch bei der Krankenschwester, die sich um ihre zerschundenen Knie und Hände kümmert, nicht gerade beliebt, als sie einfach aufsteht, in Schollmeyers Behandlungsraum hinübergeht und verlangt, mit ihm alleine gelassen zu werden.

Die beiden Frauen stehen zeternd links und rechts von Schollmeyers Liege, als Carl Erich mit einem langen, dünnen und einem dicken, kleinen Polizisten in dunkelblauer Uniform auftaucht: „Das sind die Kollegen Abgarowicz und Pitera.“

Der kleine, dicke Abgarowicz poltert sofort los: „Wkońcu! Ile mam czekać, żeby Pani podeszła do telefonu?“

Aneska schießt ebenso wütend auf Polnisch zurück. Carl Erich wendet sich leise an den dünnen Pitera, der sogar ihn noch um ein paar Zentimeter überragt: „Was hat er gesagt?“

Pitera gluckst nur: „Er hat gesagt: Da sind Sie ja endlich. Was muss eigentlich geschehen, bis Sie mal an ihr Handy gehen?“

„Oh, ich glaube, das ist zum Teil auch meine Schuld“, Carl Erich zieht schuldbewusst den Kopf ein.

Der dünne Polizist winkt locker ab: „Jetzt sind wir ja alle hier.“

Die Krankenschwester beschwert sich nun auch bei dem wütenden Abgarowicz, der wiederum weiter heftig auf Aneska einredet. Während die drei sich streiten, winkt Schollmeyer Carl Erich zu sich und bitte ihn, ihm den

Pferdeschwanz zu lösen. „Ich kann die Arme nicht heben und das liegt sich so unbequem“, stöhnt er, „Trage ich auch nur selten, aber heute war es so windig, da hatte ich dauernd die Haare im Gesicht.“ Er hält nun beide Hände auf seine Rippen und schließt erschöpft die Augen.

Am Ende übertönt Aneska alle: „Do diabła! Niech pan najpierw posłucha, co ten człowiek ma do powiedzenia! Verdammt, jetzt hören Sie sich erst einmal an, was der Mann hier zu sagen hat! Was wissen Sie über diesen Jonas?“

Alle Augen wenden sich Schollmeyer zu. Der schrickt auf: „Oh, bin ich jetzt dran?“

Aneska fletscht die Zähne und Schollmeyer beginnt zu erzählen, wobei er jedoch alle paar Worte innehalten und nach Luft schnappen muss: „Okay, okay! Also ich habe Jonas vor einigen Jahren in Owinska kennengelernt. Das liegt bei Poznań. Ich bin paranormaler Ermittler und war dort mit meinem Team, um die ehemalige psychiatrische Klinik zu untersuchen. Während des zweiten Weltkrieges haben die Nazis dort im Rahmen der Aktion T9 Menschen mit Behinderungen ermordet. Danach wurde es bis 1993 als Erziehungsheim genutzt. Ich hatte erfahren, dass dort die Geister von kleinen Kindern gesehen und Stimmen gehört wurden.“

„Was war mit Jonas?“, knurrt Aneska.

„Jonas arbeitete an der Bar des Hotels, in dem ich mit meinem Team abgestiegen bin. Abends kamen wir ins Gespräch. Es war toll. Man findet nicht oft so einen Gleichgesinnten“, er vergisst, dass er nicht lachen sollte, und verzieht gleich wieder schmerzlich das Gesicht.

Aneska und Carl Erich sehen sich über die Liege hinweg

lange an, sagen aber nichts. Dafür mischt sich Abgarowicz brummig ein: „Wer ist dieser Jonas? Was hat er mit unserer Küstenbatterie zu tun?“

„Alles“, sagt Aneska.

„Nichts“, sagt Schollmeyer im selben Moment.

„Alles und nichts?“, der Polizist stemmt die kurzen Arme in die breiten Hüften, „Sie haben ein Stück Kulturerbe in die Luft gejagt. Wir wollen wissen, wieso!“

Carl Erich tritt unbehaglich von einem Fuß auf den anderen: „Ich fürchte, die Explosion geht zum Teil auf unser Konto. Wir wollten eine Reinigung mit Räucherwerk durchführen. Aber die Gasflasche, die wahrscheinlich hochgegangen ist, die hatte eben dieser Jonas dort deponiert.“

„Reinigung mit Räucherwerk? Gasflasche?“, den beiden polnischen Kollegen fallen fast die Augen aus dem Kopf. Auch Schollmeyer zuckt hoch, sinkt aber sogleich mit verzerrtem Gesicht zurück auf die Liege und winselt: „Deswegen der Kräuterladen. Sie glauben also doch an paranormale Erscheinungen!“

„Wovon redet der Mann?“, der Abgarowicz zeigt mit einem wurstigen Zeigefinger auf Aneska, „Wir setzen Sie hier solange fest, bis wir endlich die ganze Geschichte kennen!“

Schollmeyer hebt eine Hand bevor Aneska antworten kann: „Ich glaube, da muss ich erst einmal mit meiner Geschichte weitermachen.“ Er lässt Hand und Kopf erschöpft auf die Liege sinken und blickt zur Decke. „Jonas hat einen, naja, nennen wir es mal diplomatisch tollkühnen Plan. Er will selbst Geister kreieren, um zu zeigen, wie ein negativ emotional aufgeladenes Ereignis eine Seele an einen Ort binden kann. Er hatte Kontakt zu einem Therapeuten in

Rostock, der ihm dafür geeignete Patienten verriet, die besonders suizidgefährdet waren, weil sie an einer Phobie litten."

„Doktor Moorbekker" nickt Aneska.

Schollmeyer schnappt erneut nach Luft: „Jonas sagte zu mir, er hätte etwas über ein Ritual herausgefunden, bei dem man eine Phobie mittels einer Tätowierung heilen kann, denn ursprünglich dienten Tätowierungen ja dazu, Urzeitjägern Mut zu verleihen."

„Wie bei Ötzi", lässt sich Carl Erich ungefragt vernehmen. Jetzt ist es an Aneska ihm über die Liege hinweg mit erhobenem Zeigefinger zu drohen: „Wehe du dozierst!"

Doch Schollmeyer redet einfach weiter: „Jonas sagte auch, dass diese ganze Sache nicht wirklich schmerzfrei für die Patienten sei und er gab auch zu, dass es nicht immer klappte. Er nahm sich diese Patienten zusammen mit Moorbekker vor …"

„Er quälte und ermordete sie, wollen sie sagen", zischt Carl Erich zwischen zusammengebissenen Zähnen hervor.

„Nennen Sie es, wie sie wollen", Schollmeyer sieht Carl Erich mit unbewegtem Gesicht an, „Danach durfte ich dann jedenfalls mit meinem Team kommen, um ihre Geister zu suchen und auf Tonband oder Film zu bannen."

„Sie haben WAS?", der Abgarowicz ist im wahrsten Sinne des Wortes entgeistert. Sein dünner Kollege muss sich sogar setzen.

Carl Erich ignoriert den Einwurf, legt den Kopf schief und betrachtet Schollmeyer sinnend: „Ich erinnere mich. Sie haben bereits bei unserer ersten Begegnung in Rostock gesagt, dass bei jemandem, der gewaltsam zu Tode kam, die Seele oft ruhelos umherschweift." Schollmeyer nickt nur stumm. Carl Erichs Blick wandert zu seiner Kollegin: „Wer eine Phobie hat, ist ein leichtes Opfer für paranormale Aktivitäten. Und es hat niemanden gewundert, …"

„… wie viele Patienten dieses Therapeuten gestorben sind?", beendet Schollmeyer den Satz, „Nein, niemanden. Unsere Gesellschaft ist so dermaßen anonym, dass man es kaum glauben mag."

„Das ist nicht das einzige, was hier unglaublich klingt", lässt sich Pitera von seinem Stuhl vernehmen.

„Bei Jonas klang das alles ganz logisch. Obwohl, ein bisschen durchgeknallt war der ja schon. Hat immer was von Yggdrasil und der Unsterblichkeit gefaselt."

„Ein bisschen durchgeknallt halte ich … halten wir für stark untertrieben", beginnt Carl Erich und Aneska beendet seinen Gedanken: „Er wollte durch die Tattoos Unsterblichkeit für sich selbst erreichen."

Abgarowicz spricht leise einige Worte auf Polnisch zu seinem Kollegen, die Aneska wieder zum Rumpelstilzchen werden lassen: „Die deutschen Spinner können Sie sich sonstwohin stecken!"

Blitzschnell stellt sich Carl Erich zwischen den knallrot anlaufenden Dicken und seine schäumende Kollegin: „Lassen Sie uns bitte anhören, was Herr Schollmeyer noch zu sagen hat!" Er schiebt Aneska auf die andere Seite von Schollmeyers Liege, der kichernd das Geschehen verfolgt. Als Abgarowicz ihn daraufhin wütend anfunkelt, erzählt er schnell weiter: „Vor ein paar Tagen war ich mit meinem Team in Rostock unter der Ruine der Schnapsbrennerei

‚Anker‘ weil mir Jonas den Tipp gegeben hatte, das sich dort der nächste Geist einfinden würde.“

„Der des von ihm ermordeten Therapeuten Christoph Moorbekker.“

Pitera runzelt die Stirn: „Sagten Sie nicht gerade, die beiden haben zusammengearbeitet?“

„Zumindest so lange, bis Moorbekker den Machenschaften von Jonas auf die Spur kam“, Carl Erichs Stimme ist grabestief, „Er muss Jonas mit den Todesfällen konfrontiert haben. Daraufhin fesselte Jonas ihn, zwang ihn, auf einen Hocker zu steigen und legte ihm eine Schlinge um den Hals. Nachdem er den Stuhl umgestoßen hatte, nahm er dem Therapeuten, der selbst unter Phagophobie litt, das ist eine Phobie gegen das Ersticken, die Fesseln wieder ab, damit es aussehen sollte, wie Selbstmord. Die Obduktion fand aber die Fesselungsspuren und der Knoten des Stricks lag auch zu perfekt.“

Nachdem die beiden polnischen Kollegen nur stumm die Köpfe schütteln, wendet sich Carl Erich wieder an Schollmeyer: „Ich habe schon viele abgebrühte Kriminelle gesehen, aber ein Charakter wie der Ihre ist mir noch nicht begegnet. Sie wissen, dass Jonas mit Moorbekker zusammenarbeitet und als er ihn ermordet, sind Sie einfach wie immer zur Stelle, um mit dem ESP irgendwelche unbelegbaren Beweise zu sammeln.“ Schollmeyer schweigt und schluckt.

„Moorbekkers Geist war es also, der in dem Kellergewölbe das Wort Tattoo gesprochen hat?“, Carl Erichs Frage ist eindeutig rhetorisch.

„Sieht ganz so aus“, kommt es leise von der Liege.

Man sieht Aneska an, dass ihr Schollmeyers Anblick Übelkeit verursacht: „Was sollte das wirklich bringen mit den Tattoos?“

Der paranormale Ermittler blickt sie ernst an: „Rückfrage: Haben Sie eins?“

„Ich hatte.“

„Oh, also jetzt nicht mehr? Wie sind Sie’s losgeworden?“

Hier grätscht Carl Erich ein: „Interessant, dass Sie danach fragen. Wir haben ein Reinigungsritual durch Räuchern mit acht verschiedenen Zusätzen durchgeführt.“

„Dachte ich mir schon, als ich sie von dem Kräuterladen sprechen hörte“, Schollmeyer nickt zufrieden, „Sie haben also tatsächlich das Tattoo durch Räuchern entfernt?“

Carl Erich blickt zuerst zu Aneska herunter, doch als die nur weiter wütend auf Schollmeyer stiert, nimmt er das als stummes Einverständnis und fährt vorsichtig fort: „Da gehörte in der Tat etwas mehr dazu.“

„Aber mit dem Räuchern lag ich richtig. Der Geruch in der Küstenbatterie kam mir gleich so bekannt vor. Jedenfalls bevor mir da alles um die Ohren flog.“

„Ich brauche Sie wahrscheinlich nicht fragen, woher Sie sich mit Räucherwerk auskennen?“, jetzt ist es an Carl Erich, über Schollmeyers selbstzufriedenem Gesichtsausdruck zu verzweifeln.

„Mache ich standardmäßig jedes Jahr in den Raunächten.“

Abgarowicz legt den Kopf schief: „Raunächte?“

Aneska stimmt leise ein: „To taki niemiecki zwyczaj. Das ist so ein deutscher Brauch.“

Carl Erich raunt: „Ich dachte immer, du sprichst kein Polnisch?“

„Kein Polnisch ist stark untertrieben. Und meine Oma hat das mit dem Räuchern immer bei sich zu Hause gemacht. Aber weder das eine noch das andere gehört jetzt hierher.“

Carl Erich hebt entschuldigend die Hände und wendet sich dann wieder ihrem Zeugen zu: „Okay, zurück zu den Tattoos, Herr Schollmeyer. Uns ist aufgefallen, dass in der Mitte aller Tattoos jeweils ein kleines Stück Haut fehlte. Wissen Sie etwas darüber?“

Schollmeyer grinst plötzlich über beide Backen: „Da hatten Sie ja schon im Wald drüber gerätselt.“

Aneskas Augen werden groß: „Sie sind uns gefolgt?“

Schollmeyer zuckt die Schultern, was ihn sofort wieder zusammenzucken lässt: „So ziemlich überall hin … auuuu!“

Bevor sich Aneska aufregen kann, wird Pitera überraschend laut: „Warum verfolgen Sie zwei deutsche Kriminalbeamte?“

Schollmeyer blickt ihn nur müde an: „Lange Geschichte, ich versuche sie gerade zusammenzukriegen."

Der großgewachsene Pole kann auch deutschen Zynismus: „Lassen Sie sich von uns nicht stören.“

„Jonas will sich mit der Geisterhaut aus der Mitte der Tattoos seiner Opfer ein eigenes Stück Unsterblichkeit einverleiben. Der Weltenbaum oder Baum des Lebens soll ihm die Kraft geben, den Tod zu besiegen. Ich sagte doch, der Typ ist ziemlich schräg drauf."

„Hat der sich jetzt unsere Haut transplantiert?", platzt es aus Aneska heraus.

„Keine Ahnung", gibt Schollmeyer zu, „Er sprach immer von einverleiben."

„Implantate werden oft abgestoßen", kommt es prompt von Carl Erich, „Einverleiben könnte man auch mit essen übersetzen."

Aneska schüttelt sich: „Mir wird so oder so schlecht bei dem Gedanken." Die beiden polnischen Kollegen sehen drein, als ginge es ihnen ganz genauso.

Carl Erich stützt sich mit den Armen auf der Seite der Liege ab, so dass sein Gesicht ganz nah an dem von Schollmeyer ist und spricht leise und eindringlich: „Jonas hat erst mich und dann meine Partnerin tätowiert und damit quasi zum Abschuss freigegeben."

Schollmeyer lächelt ihn an: „Ich weiß, sie ist so eine wunderbare Skeptikerin, das hätte eine tollen Geist abgegeben."

Aneska: „Geht's noch? Wir haben höllische Schmerzen gehabt. Das waren keine normalen Tattoos, wo nach ein paar Tagen alles paletti ist."

„Übertreiben Sie mal nicht so, es ist ja nicht so, dass Tätowieren extreme Schmerzen bereitet. Ich habe selber fünf Tattoos an allen möglichen Stellen, und am meisten hat nur das auf dem Handrücken gezeckt."

Carl Erich zieht die Luft durch die Zähne: „Kein schützendes Unterhautfettgewebe."

„Richtig“, nickt Schollmeyer, „Tattoos auf der Hand zählen zu den schmerzhaftesten. Aber Jonas hat mir nie gesagt, was für Farben er benutzt. Vielleicht war da noch irgendetwas reingemischt, was Sie beide nicht vertragen haben?“

„Das ist durchaus möglich“, Carl Erich richtet sich wieder zu seiner ganzen imposanten Größe auf und blickt fast mitleidig auf den Mann auf der Liege herab, „Aber Fakt ist, dass diese Tattoos dermaßen wahnsinnige Schmerzen ausgelöst haben, dass es zwei Frauen in den Selbstmord getrieben hat.“ Vor seinem inneren Auge sieht er Isabelle und Marina tot vor sich liegen. Und Moorbekker, der vier Monate mit den Schmerzen der Tätowierung an seinem Hals gelebt hatte. Vier Monate!

Aber Schollmeyer hat wieder Oberwasser: „Sie können mir keine Angst einjagen. Ich bin paranormaler Ermittler, schon vergessen?“

„Das war kein Scherz, Herr Schollmeyer. Ich bin selbst depressiv geworden und hatte ebenfalls Selbstmordgedanken. Nur stärkste Schmerzmittel in Verbindung mit Cannabis haben mich am Laufen gehalten. Über Kurz oder Lang hätte ich dem Drang aber nachgegeben.“

Der Ausdruck in seinen blauen Augen muss bei Schollmeyer doch so etwas wie Nachdenken ausgelöst haben: „Wie gesagt, die Idee mit den Tattoos hatte Jonas. Da müssen Sie ihn fragen.“

„Das werden wir. Wohin haben Sie ihn eigentlich gebracht?“, Aneska blickt die Polizisten an, die wiederum sie verblüfft ansehen.

„Wen?“ – „Den Osterhasen. Verdammt, den Mann aus der Küstenbatterie!“, Aneska stemmt die Arme in die Hüften.

Pitera zieht unbehaglich den Kopf ein und weist mit einem Schulterzucken auf Schollmeyer: „Wir haben dort nur ihn hier gefunden."

„Das war die Verfolgungsjagd?", Aneska und Carl Erich sehen sich mit großen Augen an.

„Die sind brüllend auf mich losgegangen, da bin ich weggerannt", wendet sich Schollmeyer mitleitheischend an die deutschen Kripobeamten. Aber da hat er die Rechnung mit der Falschen gemacht. Mit einem Satz ist Aneska bei ihm, packt ihn am Kragen und schreit ihm ins Gesicht: „Wo ist Jonas?"

Die Polizisten reißen sie von dem Verletzten weg, der nun ebenfalls brüllt, wenn auch vor Schmerzen. Sie protestiert: „Er hat ihn befreit. Er hat einen Mörder befreit. Geben Sie's zu!"

„Ja verdammt, ich habe die Kammer aufgeschlossen. Jonas hatte von innen an die Tür geschlagen. Er war aus der Trance erwacht und fand sich eingeschlossen. Natürlich habe ich meinen Partner befreit. Das hätte jeder getan."

„Wo ist er jetzt?"

„Keine Ahnung, er meinte zu mir, er würde noch etwas aus dem Auto holen und dann wiederkommen. Irgendetwas fehlte noch zum Beenden des Rituals."

„Ihm fehlte etwas?", wundert sich der dicke Abgarowicz, der noch immer Aneska am Oberarm festhält.

„Außer ein paar Tassen im Schrank wahrscheinlich das Buch", brummt Carl Erich, „Er muss nach seiner Trance noch nicht wieder ganz da gewesen sein oder schlichtweg nicht gemerkt haben, dass es ihm runtergefallen war."

„Trance? Buch?", Pitera reckt ungläubig den Kopf vor, „Erklären Sie das bitte!"

„Jonas hatte sich in einen Trancezustand versetzt. Er saß vor einer Schale voller Räucherwerk und war nicht ansprechbar, als wir ihn fanden. Hinter ihm am Boden lag ein Buch in altdeutscher Schrift mit Abbildungen der Tattoos, deren Spur wir bis hierher gefolgt sind. Außerdem stand darin die Anleitung für ein Reinigungsritual. Diese Tattoos waren keine gewöhnlichen Tattoos, die man mit Laser entfernen kann. Wir haben es also mit diesem Ritual versuchen wollen, haben das Buch mitgenommen und sind die … ähem … Zutaten kaufen gegangen."

„Und wie Sie sich erinnern", zischt Aneska den Dicken neben sich an, „Habe ich Sie angerufen, damit Sie inzwischen Jonas festnehmen können, weil Sie dafür zuständig sind." Verlegen lässt Abgarowicz sie los. Sofort geht sie um die Liege herum und stellt sich mit trotzig verschränkten Armen neben ihren Partner. Ganz leise murmelt sie: „Oder er hat die Boxen holen wollen." Ihr Partner hebt kurz die Augenbrauen, hat sich dann aber wieder unter Kontrolle.

„Was ich noch nicht ganz verstehe", spricht nun Pitera Schollmeyer an, „Es hat sie nicht gewundert, dass dieser Jonas nicht wiederkam?"

„Naja, erstmal kamen ja Sie beide und haben mich durch die Gegend gejagt", er nickt zur einen Seite des Bettes, auf der die polnischen Polizisten stehen. „Als ich Sie abgehängt hatte, bin ich wieder zurück zur Küstenbatterie und da sehe ich wiederum diese beiden in der Kammer verschwinden", nun deutet er mit dem Kopf auf die beiden deutschen

Kriminalbeamten auf der anderen Seite. „Und als die da so lange drin blieben, bin ich neugierig geworden und hab‘ nachgeschaut. Den Rest der Geschichte kennen Sie. Bumm und weg.“

„Bumm und weg?“, Aneska schnaubt, „Wäre schön, wenn Sie auch tatsächlich weg gewesen wären. Was die Opfer erlitten haben, das ist ihnen ja offensichtlich am Arsch vorbeigegangen. Hauptsache Sie bekommen Ihren Geist auf Video.“

Schollmeyer ist empört: „Naja, ganz so schlimm waren wir ja nun auch nicht. Moorbekker hat auch etliche Kandidaten abgelehnt.“

„Na, da können wir uns ja jetzt richtig freuen, dass es nur drei Tote gegeben hat“, Aneskas Augen schießen Blitze.

„Wo ist denn jetzt dieser Jonas?“, fragt Pitera erneut.

„Wahrscheinlich hat er mitbekommen wie Sie mich gejagt haben“, Schollmeyer funkelt ihn böse an, „Gegenüber der Polizei war er natürlich sehr misstrauisch.“

„Natürlich!“

„Jeder, der sich mit dem Paranormalen befasst, ist schon einmal von irgendwelchen Behörden oder deren Beamten behindert worden.“

„Was Sie nicht sagen? Sollen wir ihn etwa einfach weiter morden lassen?“

Das hat gesessen. Schollmeyer antwortet nicht und blickt nur stumm auf seine Hände.

Abgarowicz zückt sein Handy: „Also ist er verschwunden, wir müssen ihn zur Fahndung ausschreiben. Sie beide kommen am besten jetzt mit uns aufs Revier und wir fertigen ein Fahndungsbild an."

Carl Erich ist aber noch nicht fertig: „Herr Schollmeyer, was wissen Sie über Dibbuk-Boxen?"

Der runzelt irritiert die Stirn: „Naja, einerseits kriegt man die Dinger für'n Appel und 'n Ei bei Ebay, andererseits hab' ich grad neulich ein Video von einem Typen aus Amerika gesehen, der hat so'n Teil geöffnet."

„Und?"

„Hinter ihm hat ein Bild angefangen zu wackeln und ist dann mit Karacho von der Wand gefallen. Sagen Sie bloß, Sie haben eine Dibbuk-Box gefunden. Wo? Hier in Polen?", als die beiden Kriminalbeamten schweigen, dämmert es ihm, „Aaah, in Rostock unter dem Anker. Stimmt's? Ich hatte Sie doch gewarnt, sie sollten nichts mitnehmen."

Carl Erich blickt zu Aneska, weil er auf einen zynischen Kommentar gefasst ist, aber sie sieht nur zu Boden und schüttelt leicht den Kopf. Also fährt er fort: „Und was passierte mit dem Mann in Amerika?"

„Der Typ ist wie von der Wildsau gestochen aus dem Haus gerast und zu seinem Bruder gefahren, weil er nicht allein in seiner Wohnung bleiben wollte. Im Abspann stand nur, dass er dann ein Reinigungsritual durchgeführt hat und wieder in seine Wohnung konnte. Schön blöd. Das weiß man doch, dass man eine Dibbuk-Box auf keinen Fall öffnen darf."

„Als Allgemeinwissen würde ich das nicht gerade bezeichnen."

„Unter paranormalen Ermittlern schon."

„Wussten Sie, dass Jonas Dibbuk-Boxen mit Bildern der Tattoos seiner Opfer angefertigt hat?“

„Öh, echt? Nein, das wusste ich nicht. Mir hat er nur von der Geisterhaut erzählt.“

Aneska sieht ihn zornig an: „Ich glaube, Sie verschweigen uns etwas. Wenn diese Dibbuk-Boxen so unwichtig sind, warum sind sie dann zwischen uns durchgerannt und haben sich auf die brennenden Boxen gestürzt?“

„Naja“, grinst Schollmeyer verlegen, „so ein Artefakt findet man halt nicht alle Tage. Ich wollte wenigstens eine retten.“

„Um was damit zu tun?“

„Och, erstmal mitnehmen.“

„Ich denke, das darf man nicht?“

Schollmeyer sieht von Carl Erich zu Aneska: „Hey, sollte es mir tatsächlich gelungen sein, ihre Weltanschauung zu verändern?“

Aneska ballt die Fäuste: „Nein.“

Abgarowicz, der immer noch mit dem Handy in der Hand dasteht, meldet sich etwas verschnupft zu Wort: „Sind Sie jetzt fertig?“

Carl Erich schüttelt vehement den Kopf: „Nein! Herr Schollmeyer, hatten Sie eigentlich nie Angst, selbst von den Geistern heimgesucht zu werden?“

„Nein, getötet hatte sie ja ein anderer.“

Aneskas Stimme donnert durch den Raum, dass alle zusammenfahren: „Sie haben einen Mörder gedeckt.“

Schollmeyer gibt keine Antwort, aber alle können das Aufblitzen der Erkenntnis in seinen Augen beobachten und sehen ihn erbleichen bis selbst die Lippen weiß werden. Die Krankenschwester, die bis eben stumm und starr in einer Ecke des Raumes stand, eilt zu ihm und legt besorgt eine Hand auf seine Schulter.

Carl Erich schiebt sie sanft weg und legt selbst seine Hand auf Schollmeyers Schulter: „Und Sie haben wirklich keine Ahnung, wo sich Jonas jetzt aufhalten könnte?“ Schollmeyer schüttelt nur stumm den Kopf.

Aneska fällt etwas ein: „Einem der Mordopfer hat er gesagt, er wohne in Berlin. Aber er war ständig mit Moorbekker in Rostock in Kontakt und Sie sind ihm in Polen begegnet.“

Schollmeyer schluckt und antwortet dann leise: „Ja, er war viel auf Achse. Ich hab’ ihn immer nur auf dem Handy erreicht.“

„Die Nummer brauchen wir.“

Die Krankenschwester bückt sich und zieht unter der Liege Schollmeyers Jacke hervor. „Innentasche“, stöhnt der und lässt den Kopf wieder kraftlos auf die Liege fallen. Sie greift in die Innentasche, zieht sein Handy heraus und reicht es ihm, damit er es freischalten kann. Er ruft sein Verzeichnis auf. Dann gibt er das Gerät Carl Erich, der es Abgarowicz weiterreicht, bevor er sich wieder an den blassen Mann wendet: „Hat Jonas nicht mal irgendwelche Andeutungen gemacht, wo er wohnt? Von wo aus er anreisen musste, wenn Sie sich getroffen haben?“

„Nein, nie. Wir haben uns immer nur irgendwo verabredet. Kaum zwei Mal am selben Ort.“

„War er mal bei Ihnen zu Hause?“

„Nein, nie.“

„Verdammte Scheiße“, das ist Aneska. Sie stützt sich an der Wand ab.

Pitera ist rasch aufgestanden und bietet ihr nun mit einer Geste seinen Stuhl an: „Das Motiv ist mir immer noch nicht klar: Wieso hat dieser Jonas gemordet?“

Aneska setzt sich dankbar: „Offensichtlich sucht er einen Weg, unsterblich zu werden. Jetzt schauen Sie mich nicht so an. Der Mann ist psychisch schwer gestört und bereit, für sein Ziel über Leichen zu gehen. Und der sympathische Herr hier vor uns hat ihn gedeckt, weil es ihm so schön in den paranormalen Kram passte.“ Dann lehnt sie sich wieder vor, so dass sie Schollmeyer im Blick hat: „Und lenken Sie nicht schon wieder vom Thema ab. In diesen Dibbuk-Boxen waren keine bösen Geister drin.“

Der lange Pitera kratzt sich am Kopf: „Verzeihung, was meinen Sie eigentlich immer mit Dibbuk-Box?“

„Oje, das ist ziemlich kompliziert. Erklären wir Ihnen später“, Carl Erich winkt ab, „Ich weiß, es klingt absolut unglaublich, und wir können es auch nicht beweisen, aber dieser Jonas scheint es während des Tätowierens oder über die Tätowierung irgendwie geschafft zu haben, einen Teil des Geistes der Phobie-Patienten in diese Box zu bannen, um damit seinen perversen Plan in die Tat umzusetzen.“

Schollmeyer beginnt: „Ich …“ Dann verstummt er und schluckt hart, „Sie meinen, er hat ihre Seelen mit Gewalt auf der Erde festgehalten?“

„Und dann hat er es so aussehen lassen wie einen

Selbstmord", sagt Carl Erich leise, „Drei Menschen. Drei unschuldige Menschen, die schon genug Probleme in ihrem Leben hatten, weil sie unter Ängsten litten, die ihren Alltag zu einer einzigen langen Qual machten. Frau Nitzlandt, die nach einer schweren OP jeden Moment damit rechnete, dass ihr Herz aufhört zu schlagen. Frau Thießreiter, die sich aus Angst vor einer Vergiftung quasi zu Tode hungerte und sogar Angst davor hatte, etwas zu trinken. Herr Moorbekker, der gerne anderen Menschen helfen wollte, und doch selbst Angst hatte, jeder Atemzug könnte sein letzter sein. Und Sie hat er auch nur benutzt. Sie waren sein williger Handlanger."

Sie sehen, wie Schollmeyer gegen die Tränen kämpft und verliert. „Unwissenheit ist ein Segen", schluchzt er, „Hätte ich mir nur nie Kontakt zu Geistern gewünscht. Es tut mir aufrichtig leid, was Ihnen passiert ist. Das müssen Sie mir glauben."

„Vom Saulus zum Paulus nehme ich Ihnen nicht ab", Aneska verlässt mit einem letzten vernichtenden letzten Blick auf Schollmeyer den Raum. Carl Erich folgt ihr. Abgarowicz watschelt eilig hinterher: „To jeszcze nie koniec! Wir sind aber noch nicht fertig miteinander!"

„Tak, tak. Wir rennen Ihnen schon nicht weg", Aneska setzt sich auf einen der Klappstühle an der Wand des Flurs: „Aber da drin kriege ich das Kotzen."

37. Parkplatz der Polizeiinspektion Swinemünde, 2. Mai, 21:32 Uhr

Nachdem sie den beiden polnischen Kollegen noch eine Stunde auf der Dienststelle Rede und Antwort stehen mussten, sind Aneska und Carl Erich endlich auf dem Weg zu ihrem Auto. Carl Erich lehnt sich erschöpft auf das Dach des MINI und blickt zu seiner Partnerin hinüber: „Es ist nicht nur ein verrückter Gedanke, es ist ein absurder Gedanke. Einer, den man denken kann, wenn einem gar nichts anderes mehr übrig bleibt. Ein Geisterjäger deckt einen Massenmörder, um an dessen Opfern zu beweisen, dass die Seele am Ort des Mordes bleibt, wenn die Tat nur brutal genug war."

Als sie gerade einsteigen wollen, klingelt Carl Erichs Handy. Es ist ihr Chef mit Neuigkeiten. Carl Erich hört zu und sagt nur ein paar Mal „Mhm", dann legt er auf: „Jonas wird schon mit internationalem Haftbefehl gesucht."

„Gut, gut. Hoffentlich macht er bald irgendwo einen Fehler. Es gefällt mir gar nicht, dass er noch irgendwo da draußen ist."

Der lange Kollege Pitera kommt in diesem Moment aus dem Präsidium herausgesprungen und sieht sich hastig um. Er wirkt erleichtert, als er sie beide noch auf dem Parkplatz sieht, winkt und eilt zu ihnen: „Wir haben eben einen Anruf von der Spurensicherung bekommen. In der Asche der Kisten haben wir eine Waffe gefunden. Laut der

Waffennummer handelt es sich um eine deutsche Dienstwaffe."

Carl Erich erbleicht: „Meine Waffe war in der Kiste?"

„Außerdem haben sie die Reste eines Elektroschockers und einer Spritze gefunden."

„Das waren die Mordwaffen, mit denen Frau Nitzlandt und Frau Thießreiter ermordet wurden. Er muss sie immer im Doppelpack gekauft haben", folgert Carl Erich, „Aber da war auch noch die Box von Herrn Moorbekker. Hat man da auch etwas gefunden? Kristalle vielleicht?"

„Kristalle?"

„Naja, so etwas ist normalerweise in einer Dibbuk-Box drin, um den Geist quasi gefangen zu halten."

Der dünne Polizist sieht mit erheblicher Irritation auf ihn herunter: „Leider nein, von mehr wurde mir nicht berichtet."

„Was immer in Moorbekkers Box war, es ist also komplett verbrannt."

Pitera verabschiedet sich und wünscht ihnen eine gute Fahrt. Sie steigen endlich ein, aber Aneska spielt mit einem losen Faden an ihrer Jacke herum und macht keine Anstalten loszufahren. Schließlich stupst Carl Erich sie an: „Was ist los? Was liegt dir auf der Seele?"

„Glaubst du, naja, ich weiß nicht …", Aneska windet sich in ihrem Sitz: „Ach, diese verdammte Sache mit der Unsterblichkeit. Und dann schon wieder ein Mann mit Pferdeschwanz. Als er mir den Kaffee gab und wir uns anschauten, da hätte ich schwören können, dass ich diese Augen schon einmal gesehen habe." Sie verstummt wieder, aber Carl Erich wartet geduldig. Da bricht es aus ihr heraus: „Ich werde das Gefühl nicht los, dass Jonas und Thorben Spiering ein und dieselbe Person sind. Er wollte doch unter allen Umständen unsterblich sein und bleiben."

„Wow, so eine gewagte Theorie aus deinem Munde. Das ist …", Carl Erich verstummt schlagartig, als er den Ausdruck in ihren Augen sieht und zieht den Kopf ein. Rasch denkt er darüber nach, wie man eine Beteiligung des ehemaligen Polizeichefs aus Prerow auf dem Darß, dem sie zusammen mit seinen zwei Komplizen an Silvester das Handwerk legten, hier nachweisen könnte: „Wenn wir Fingerabdrücke oder irgendwelche DNA hätten, könnte man das sicher überprüfen."

„Du glaubst also auch …?"

„Wie du weißt, bin ich prinzipiell offen für vieles. Jetzt müssen wir die Vermutungen noch in Fakten wandeln."

„Ich würde definitiv besser schlafen."

„Mir wäre es lieber, wenn du dich gleich auf den Verkehr konzentrieren könntest", als er sieht, wie ihre Augen sich verengen, schiebt er schnell hinterher: „Und ich habe da auch schon eine Idee." Carl Erich greift zum Handy und wählt eine Nummer. Nach kurzer Zeit wird abgenommen. Aneskas Kopf ruckt hoch, als sie erkennt, mit wem er da spricht: „Guten Tag, Kollege Havermeyer, entschuldigen Sie bitte vielmals die späte Störung ... Das ist sehr nett von Ihnen. Was macht die Kunst in Prerow? ... Und der Kollege Greve? ... Naja, macht ja nichts." Carl Erich lacht. Als er sieht, dass Aneska ihm hektische Zeichen macht, nimmt er das Handy vom Ohr und schaltet auf Lautsprecher: „Herr Havermeyer, wir haben da mal eine Frage."

„Schießen Sie los! Was kann ich für Sie tun?“, fragt der Polizist vom Darß, „Schöne Grüße übrigens an Frau Kralova. Rastet sie immer noch so schnell aus?“

„Danke, die Grüße sind angekommen und ich weiß gar nicht, was Sie meinen“, knurrt Aneska in ihrer gefährlichsten Stimmlage.

„Oh Gott, ich … Ach, das tut mir Leid, ich wollte nicht … Ich meine …“, man kann förmlich hören, wie Polizeimeister Havermeyer knallrot wird.

Aneska lacht gelöst auf: „Alles gut, Herr Havermeyer, ich bin Ihnen nicht böse.“

Es rauscht im Lautsprecher, als Havermeyer erleichtert die Luft ausstößt: „Na da bin ich aber froh!“

Carl Erich übernimmt wieder: „Wir wollen auch gar nicht lange stören und es klingt vielleicht ein wenig merkwürdig, aber: Wie viele Leichen sind an Neujahr eigentlich unter dem Leuchtturmgelände gefunden worden?“

„Na drei, die vom Kurdirektor Emmerich, von meinem Chef, Herrn Spiering, und von meinem Großonkel, Hanke Havermeyer. Aber das wissen Sie doch. Warum fragen Sie?“

„Und die sind auch alle drei zweifelsfrei identifiziert worden?“, hakt Carl Erich ernst nach.

„Ja, mit Zahnstatus und sogar mit DNA-Abgleich. War ja ’ne große Sache. Aber inzwischen glätten sich die Wogen so langsam.“

Ein Hund bellt durch den Hörer. Aneska spitzt die Ohren: „War das Wanjo?“ – „Ja, leider.“

Wanjo ist ein riesiger graubrauner Doggenmischling, den sie

bei ihrem Ermittlungen auf dem Darß letztes Silvester am liebsten adoptiert hätte, wenn sein Herrchen nicht vorher wieder aus der U-Haft entlassen worden wäre. Auch Wanjo hatte Aneska sehr in sein Hundeherz geschlossen. „Was meinen Sie mit leider? Sagen Sie nicht, Meerhoff ist schon wieder Gast in der Zelle?“

Falk Meerhoff ist ein Kleinkrimineller, der ihnen bei der Aufklärung ihres letzten Falles in Prerow zuerst in die Quere kam und dann sehr geholfen hatte. Havermeyer seufzt bestätigend: „Ja, leider. Hat sich im Rausch mal wieder mit einem Touristen angelegt. Jetzt habe ich beide hier als Übernachtungsgäste.“

Carl Erich schaudert, als er an die alte Ausnüchterungszelle auf dem Revier in Prerow denkt. Dort hatte Polizeichef Spiering ihn und Aneska betäubt zurückgelassen, als sie seinen illegalen Machenschaften auf die Schliche kamen. Falk Meerhoff jedoch ist ihm in guter Erinnerung: „Ach Mensch, hat der denn gar nichts aus der ganzen Sache gelernt?“

„Wollen Sie ihm mal ins Gewissen reden?“, prustet Havermeyer, „Ich kann ihm das Telefon bringen.“

„Ich mach das“, Aneska greift sich energisch Carl Erichs Handy und schaltet den Lautsprecher aus. Nach einem Moment der Stille macht Carl Erich einen nervösen Hüpfer, als seine Kollegin neben ihm loslegt: „Meerhoff, du Schwachmaat, was machst du schon wieder in einer Zelle? ... Nein, das ist keine Kleinigkeit! ... Und auch kein Kavaliersdelikt! Ich komme vorbei und dann wirst du bluten, Meerhoff! Ich nehme dir Wanjo weg. Ich zünde deinen Wohnwagen an. Ich ... Was? Bist du denn komplett bescheuert? ... Da kannst du Gift drauf nehmen! Und wenn ich’s dir persönlich spritzen muss.“

Sie macht Meerhoff dermaßen zur Sau, dass Carl Erich lieber aus dem Auto flüchtet. Selbst als er draußen steht und die Tür geschlossen hat, kann er noch ziemlich genau verstehen, was Aneska brüllt. In seiner Jackentasche findet er noch einen übriggebliebenen Müsliriegel. Gemütlich kauend lehnt er sich an die Fahrzeugseite: „Wenn ich’s nicht besser wüsste, würde ich sagen, meine Krawallowa ist verliebt.“

38. Polizeiinspektion Schwerin, Graf-Yorck-Straße 6, 3. Mai, 10:04 Uhr

Der Schuss peitscht auf. Carl Erich blickt lächelnd über den Schlitten seiner neuen Dienstwaffe. Er hält sie noch zwei Sekunden oben und atmet dabei tief und entspannt aus. Dann blickt er nach rechts und sieht Nikos breites Zahnpasta-Werbe-Grinsen durch die Scheibe des Schießstandes.

Carl Erich wendet den Kopf nach links, schließt die Augen und zählt halblaut langsam bis zehn. Er spürt, wie Niko ihm die Waffe aus der Hand nimmt und kurz darauf wieder hineingelegt. Blind fühlt er den geriffelten Griff in seiner Handfläche, sein Finger findet den Abzug. Dann öffnet er die Augen, zielt, atmet ein, atmet ein bisschen aus, hält die Luft an und schießt.

Der Knall sagt ihm, dass es diesmal eine leere Hülse war. Wieder bleibt er in Position, bevor er mit dem vollständigen Ausatmen die Waffe sichert und sich ganz zu Niko dreht.

Beide nehmen ihren Gehörschutz ab. Niko tritt wieder zu ihm in die Kabine und legt ihm eine warme Hand auf die Schulter: „Mucken ist kein Einzelfall und keine Schande.“

„Und vor allem keine Phobie. Mit der Schande kann ich leben. Hach, eigentlich weiß mein Kopf das …“, Carl Erich spricht nicht weiter, hebt nur entschuldigend die Schultern. Er will gerade zusammenzucken, aber der Schmerz, an der er sich schon so gewöhnt hatte, bleibt aus.

Niko tippt ihm mit der anderen Hand gegen die Stirn: „Das ist das uralte Lebenserhaltungsprogramm der Evolution in deinem Kopf. Der Rückstoß einer Waffe und der Knall gehören nicht zu unserer Natur. Dein Körper merkt sich den Schmerz und versucht diesen anschließend zu meiden, ohne dass er bewusst dazu angewiesen werden müsste. Deswegen zuckt man so unkontrolliert und verreißt.“

„Also ist Mucken eigentlich sinnvoll.“

„Uneigentlich aber extrem hinderlich beim Schießen“, Niko lässt ihn grinsend los.

Carl Erich dreht Kopf und Schultern, um sich zu lockern: „Einmal schlechte Erfahrungen beim Schießen gemacht und bei jedem weiteren Schuss versucht mein Kopf, das durch Ausgleichsbewegungen zu vermeiden.“

Jetzt packt Niko ihn doch wieder bei den Schultern und schüttelt ihn leicht: „Und genau da liegt der Hase im Pfeffer. Aber schau, du hast heute nur bei den ersten fünf Schüssen die Augen geschlossen und das verkrampfte Zittern war beim sechzehnten weg. Der letzte war Schuss Nummer dreißig. Der war perfekt.“ Zu dem strahlend weißen Grinsen streckt er ihm noch beide emporgereckten Daumen entgegen. Die personifizierte Lobeshymne.

Carl Erich erwidert nichts, sondern greift seufzend zu einer Flasche Wasser. Niko stemmt entrüstet die Arme in die Hüften: „Carl Erich, schau, wie wenig wir eigentlich nur machen mussten, damit es dir besser geht. Am Kaliber können wir nichts ändern, aber du achtest auf deine Atmung, lässt dir Zeit und gehst ganz bewusst in den Abkrümmungsvorgang, bis dich der Schuss überrascht. Die meisten Schützen werden das Mucken binnen weniger Wochen los. Du hast heute wirklich schon starke Fortschritte gemacht. Jetzt noch regelmäßig so ein paar Ball-and-Dummy-Drills und du bist wieder ganz der Alte."

„Auf diese Weise minimiere ich von Schuss zu Schuss meine Angst und steigere Konzentration und Treffer", nickt Carl Erich und seine blauen Augen beginnen wieder zu leuchten, „Simple Konfrontationstherapie."

„Eben … woah!" Niko schrickt zusammen und auch Carl Erich fährt herum, als die Tür zur Anlage mit solchem Schwung aufgestoßen wird, dass sie laut knallend gegen die Wand schlägt, „Aneska, geht's noch?"

„Sie haben ihn!"

„Was?"

„Jonas wurde in Luxemburg gefasst. Er wird bald an Deutschland ausgeliefert und dann können wir ihn ordentlich verhören."

„Und was du am Ende von ihm übriglässt, bekommt Sicherungsverwahrung", schaltet sich Niko ein.

Sie boxt ihm freundschaftlich gegen die Brust, wendet sich dann wieder ihrem Partner zu: „Die Rostocker Kollegen haben mit der Telefonnummer aus Moorbekkers Handy herausgefunden, dass Jonas' Handy an den Tagen der Morde in Rostock, Berlin, Schwerin und zuletzt in Swinemünde in zu den Tatorten passenden Funkzellen geortet werden konnte. Er heißt übrigens Jonas Adony."

Carl Erich lächelt auf sie herab: „Jetzt kannst du wieder ruhig schlafen."

„Pff, konnte ich noch immer." - „Ach ja?"

„Ja, besonders nach einem schönen langen Schießtraining. Nicht wahr, Niko?"

„Lass mich mal raus!", lachend schiebt sich Niko zwischen ihnen hindurch aus der Schießstandzelle heraus, um sich ebenfalls eine Flasche Wasser von einem Tisch nahebei zu schnappen.

Carl Erich ist allerdings nicht so einfach gestrickt: „Für mich ist das hier Arbeit an mir selbst. Harte Arbeit. Aber eins ist mir jetzt klar geworden. Etwas, was dich angeht."

„Oh bitte", ein ersticktes Ächzen kommt von Aneska.

Aber ihr Kollege läuft sich gerade erst warm: „Das ist der Unterschied zwischen Angst und Phobie: Angst ist eine ganz normale menschliche Emotion, die uns befähigt, Gefahren zu meiden. Eine Phobie dagegen ist eine irrationale Angst vor einer bestimmten Situation, einem Tier oder einem Objekt. Und die beeinflusst das ganze Leben. Wer so eine Angst besiegen will, muss sich ihr stellen. Angst beginnt im Kopf, aber Mut beginnt auch im Kopf."

Aneska verdreht die Augen. Carl Erich hat das natürlich gesehen: „Brauchst gar nicht gen Himmel gucken. Du brauchst keine Hilfe von da oben."

„Und deinen Zynismus noch viel weniger."

„Ich bin nicht zynisch. Ich glaube nur nicht, dass du wirklich unter eine Phobie gelitten hast. Du bist einfach nur noch nicht bereit für eine Schwangerschaft. Jemand hat dir diese Phobie eingeredet. Und der Tod deiner Mutter wird unterschwellig auch eine Rolle spielen." Als Aneska darauf nicht antwortet, sondern nur schweigend zu Boden sieht, fährt er fort: „Falls es dich tröstet: Wenn er nicht schon tot wäre, würde Moorbekker jetzt eh seine Zulassung verlieren. Er war nämlich kein Diplom-Psychologe, hab' ich heute früh herausgefunden."

„Gutes Stichwort. Ich war nämlich heute auch schon fleißig", wirft sich Aneska in die Brust, „Ich habe mir die DVD mit deiner Therapiesitzung noch einmal angesehen und dabei entdeckt, dass da noch einige Minuten mehr drauf waren. Da erklärt dir Moorbekker, man solle die Angst symbolisch in einem Kristall einschließen, den er in einer speziellen Kiste für dich aufbewahren würde."

„Die Dibbuk-Box."

„Richtig", nickt Aneska, „Nur nannte er das Kind nicht beim Namen. Er gab sich ganz großzügig, sagte, den Kristall dafür dürftest du dir gleich aus seiner Sammlung aussuchen. Dieser Scharlatan hat dich eiskalt angelogen, denn wir wissen ja nun aus eigener leidvoller Erfahrung, dass nicht die Angst, sondern ein Teil der Seele in der Box festgehalten wurde."

„Ein Teil des Geistes", seufzt Carl Erich.

„Oder so. Den Kristall muss Jonas später wieder rausgenommen und gegen den Gegenstand ausgetauscht haben, der mit dem Tod zu tun hat: deine Waffe, der Elektroschocker von Isabelle Nitzlandt oder die Giftspritze von Marina Thießreiter."

„Stimmt, die Kristalle hätte die SpuSi sonst ja auch in der Asche unter der Küstenbatterie gefunden. Bei Moorbekker war wahrscheinlich eine Schlinge drin", stimmt Carl Erich ihr zu.

„Oder eine Krawatte", kommt es lakonisch von Aneska zurück.

„Ja", Carl Erich seufzt schon wieder, „Können diese Leute nicht verdammt nochmal am Leben bleiben, bis man sie braucht?"

„Was meinst du damit?"

„Na, bis man sie befragen und ordentlich bestrafen kann."

„Oh ja", gluckst Aneska, „das würde unsere Arbeit sehr viel schöner machen."

„Schön, dass du wieder lachen kannst. Und soll ich dir mal was sagen? Ich weiß noch immer nicht, was genau mir in Polen passiert ist, aber ich habe meinen Frieden damit gemacht und es ist mir nicht mehr wichtig, den genauen Ablauf zu erfahren."

„Wer sind Sie, und was haben Sie mit meinem Kollegen Ballschuweit gemacht?"

Carl Erich wirft lachend den Kopf in den Nacken: „Siehst du? Ich kann auch loslassen."

„Wahnsinn."

Carl Erich wird wieder ernst: „Du hast in Swinemünde etwas sehr treffendes gesagt: dieser Fall ging wirklich unter die Haut. Ich will das jetzt alles so schnell wie möglich vergessen."

Sie grinst zu ihm hoch: „Verdrängung? Find ich klasse. Wie wäre es dazu mit einer Therapie?"

Niko springt dazwischen: „Carl Erich, gib mir sofort deine Waffe!"

„Kannst du gerne haben", lässig wirft er sie ihm zu, dann verschwindet Aneska in seiner Bärenumarmung.

Die Autorin

Anette Oelrich wurde 1975 in Berlin geboren. Sie war Grundschullehrerin für Englisch und Deutsch, bis sie ihre Überredungskünste lieber in schriftlicher Form darlegen wollte. Erste zaghafte Schritte an die Öffentlichkeit tat sie im Gemeindereport ihrer Kirche. Ihre Leidenschaft für Okkultes und Zynismus drückt sie jedoch lieber woanders aus.

Ihre Hobbys: Kinder, Kochen, Krimis

Ihr Debütroman „Leuchtendes Geheimnis“ erschien 2021 im Primär Verlag Berlin – ISBN 978-3-948414-19-1

„Leuchtendes Geheimnis“

Was wäre, wenn sich unter der Oberfläche eines Ortes, den man gut zu kennen glaubt, ein zweiter, unbekannter verbirgt?

Auf dem Darß wurden drei Frauen entführt. Die leicht reizbare Kriminalmeisterin Kralova und ihr neunmalkluger Partner Ballschuweit werden bei der Suche von den missgünstigen Kollegen vor Ort gebremst. Sie erhalten jedoch Hilfe von einem Unbekannten, der eine Spur aus Tarotkarten quer durch den Ort legt. Bekannte Gebäude und Personen sind nicht das, was sie zu sein scheinen, und alles begann viel früher als gedacht.

Apropos – zu einem solchen sollten wir uns unbedingt nach der Klärung wichtiger Details treffen!

Unsere Arbeitsweise

Sie nehmen mit uns Kontakt auf. Was ist zu tun?

1. Sie senden uns eine kurze Zusammenfassung (Exposé auf max. einer DIN-A4 Seite) und die ersten zehn Seiten Ihres Werkes.

2. Wir prüfen, ob ihr Buch in unser Verlagsprogramm passt, und sondieren die Marktchancen ihres Werkes.

3. Wir laden Sie zu einem Gespräch ein. Dabei sprechen wir über weitere Fragen wie Lektorat, Gestaltung und Marketingstrategien - speziell abgestimmt für ihre Veröffentlichung.

4. Bei wechselseitiger Einigung schließen wir einen Vertrag. Danach beginnen wir mit der Herausgabe und begleitenden Marketingmaßnahmen für ihr Buch.

Welche Literatur verlegen wir?

Jegliche Art von Belletristik, also Romane, Erzählungen etc. Das Genre spielt dabei eine untergeordnete Rolle.

Was verlegen wir nicht?

Literatur, die rassistisch, menschenverachtend ist oder Gewalt verherrlicht.

Warum sollten Sie mit uns arbeiten?

Weil wir uns als echter Dienstleister verstehen. Und weil viel mehr Autoren faire, transparente Verträge und einen Partner verdient haben, der den gemeinsamen Erfolg anstrebt und nicht zuerst den Rechenschieber schwingt!

Unsere Arbeitsweise gefällt Ihnen? Dann bewerben Sie sich als neuer Autor bei uns!

anhaltenden Erfolg und sichern unsere Position als Marktführer. Das gelingt nur mit Fachwissen, Erfahrung und engagierter Markt- und Kundenorientierung.

Von der Idee bis zum Erfolg

Multimatic ist weit mehr als erstklassige Technik. Mit Mehrwerten und Dienstleistungen stärken wir unsere Kunden im harten Wettbewerb. Über die intensive Beratung zu einzelnen Maschinen und Geräten hinaus planen wir für unsere Auftraggeber komplette Textilpflegebetriebe jeder Größe. Wir begleiten unsere Kunden von der ersten Idee über die Konzeption bis zur Inbetriebnahme bei der Umsetzung ihrer Vorhaben. Bei Bedarf vermitteln wir eine Finanzierung zu fairen Konditionen. Wir unterstützen unsere Kunden mit Marketing- und Werbemaßnahmen.

Talente richtig fördern

Wir bilden junge Leute für unser Unternehmen aus. Außerdem geben wir unser Textilpflege-Fachwissen weiter, zum Beispiel an Berufs- und Meisterschüler in der Ausbildungsphase. Bei Schulungen und Seminaren vermitteln wir den Teilnehmern regelmäßig wertvolles Know-how für die Praxis. Wir informieren über neue Produkte und bewährte Technik sowie über Trends und Entwicklungen in der Branche. Unsere Kunden sind immer bestens informiert – eine Grundvoraussetzung für mehr Erfolg.

Primär Verlag Berlin und Multimatic:

Zwei völlig unterschiedliche Unternehmen, zwei völlig unterschiedliche Branchen, aber eine gemeinsame Idee: Mit dem richtigen Know-how hoch motivierten Menschen eine faire Plattform bieten. Genau das ist unser Ding!

•Einfachstes »Daten-Sammeln« - ob nur für Hintergrund-Informationen für Ihren Roman oder für absolut sichere und präzise Quellenangaben. Ziehen Sie Bilder und Texte einfach mit der Maus aus dem Internet, um den Rest kümmert sich Papyrus Autor.

•besondere Möglichkeiten, Ihren Text zu strukturieren - die »Navigator« Kapitel- und Abschnittsübersicht mit Bearbeitungsstatus und diversen Notizen zu den Kapiteln

•Ideen und Bilder speichern: in Kommentaren am Rand, in den Papyrus-Klemmbrettern uvm

•Kompatibel zu MS Word, auch im Textaustausch mit Korrekturlesern und Lektoren - mit Änderungsverfolgung, Kommentaren, ...

•Besondere DTP-Gestaltungs-Funktionen für Broschüren, Poster, Etiketten, ...

•Komplette Abdeckung des »normalen« Office-Funktionsumfangs fürs Büro mit Serienbriefen, Tabellenkalkulation, leicht benutzbarer Datenbank mit besonders einfacher Suche

•Eine Lizenz gilt für Ihren heimischen PC, Ihren Arbeitsrechner und Ihren Laptop - egal, ob Mac oder Windows.